O Quinto Livro

Manual de inclusão e sobrevivência na selva literária brasileira

VALDIR DE AQUINO XIMENES

O QUINTO LIVRO

Manual de inclusão e sobrevivência na selva literária brasileira

SECRETARIA DE ESTADO DA CULTURA DO DF
FAC
FUNDO DA ARTE E DA CULTURA

L·G·E
EDITORA

Brasília, 2007

LGE Editora Ltda.
SIA Trecho 03 Lote 1.760 – Parte A
Tel.: (61) 3362-0008 – Fax: (61) 3233-3771
lgeeditora@lgeeditora.com.br
www.lgeeditora.com.br

Editor
Antônio Carlos Navarro

Revisão
o Autor

Capa
Samuel Tabosa de Castro e
Valdir de Aquino Ximenes

Projeto gráfico
Samuel Tabosa de Castro

Impressão e acabamento
LGE Editora Ltda.

Dados Internacionais de Catalogação na Publicação (CIP)

Ximenes, Valdir de Aquino
O Quinto Livro (manual de inclusão e sobrevivência na selva literária brasileira) / Valdir de Aquino Ximenes. — Brasília : LGE Editora, 2007.
132 p.

ISBN 978-85-7238-284-7

1. Ensaio. I. Título.

CDU 82-4

Esta obra teve o patrocínio do Fundo de Arte e Cultura
da Secretaria de Estado de Cultura do Governo do Distrito Federal

Endereço eletrônico do autor:
ggcv2003@terra.com.br
Endereço para correspondência:
SQN 311 Bl. F Apt. 305
CEP: 70757-060 – Brasília, DF
Fone: (61) 3274-5557 / (61) 9658-0788

Aos leitores, à literatura,
aos livros, aos literatos –
consagrados ou insuspeitos.

Agradecimentos:

*Para Aristides, Danilo Gomes,
Maria da Glória Barbosa e
Roberto Pompeu de Toledo, pelas
críticas e sugestões apresentadas a
esta obra.*

Anti-prefácio

Valdir de Aquino Ximenes, médico e escritor radicado em Brasília, narra neste *O Quinto Livro* – um ensaio sobre a rarefeita cena literária da capital brasileira – as muitas peripécias que envolvem o lançamento de um livro na província e o seu final sempre igual: o absoluto silêncio da platéia. A obra não escapa, é claro, da choradeira que marca o pronunciamento de quase todos que produzem escrituras – conto, romance ou poesia – no Planalto Central, mas é lida com facilidade. Mesclando um sincero depoimento pessoal com declarações de escritores consagrados sobre o que está abordando, Valdir construiu um livro para um público restrito: o povo dos livros, livrarias e noites de autógrafos. Se fosse dado a comoções, eu diria que é um livro comovente, tal o esforço despendido pelo autor para pôr de pés os seus "filhos", que é assim que considera seus livros.

Num mundo com seis bilhões de pessoas produzindo lixo e consumindo proteínas, eu diria que já não se pode estar absolutamente seguro sobre a necessidade de gerar mais filhos. Numa terra inapelavelmente devastada pelas imagens e pelos sons, talvez em breve venhamos a prescindir também de material escrito. Sem dramas, o mundo caminha sem nós, a despeito de nós. Os "nós" a que me refiro são os leitores e rabiscadores. Num bom momento do livro, Valdir aborda o sentimento de profunda indignação que um leitor – na sua imobilidade ociosa diante de um retângulo de papel – desperta nos não-leitores, essa imensa maioria numa nação ágrafa como a nossa.

É aceitável que um médico pediatra, que tem como missão manter vivos os desempregados do futuro, fale de filhos e partos. Assim, Valdir conta com desvelo suas primeiras tentativas literárias, seguidas de modestos sucessos e amargos insucessos. Fala da sua total dedicação em cada uma das etapas deste parto difícil. A escolha da capa, do papel, dos tipos. A busca de um redator atento para a feitura de uma orelha significativa ou de um prefácio esclarecedor. A luta com a gráfica. O desgastante processo de botar de pé uma noite de autógrafos. E, por fim, a estéril azáfama de enviar centenas de exemplares para críticos e colegas de ofício, seguida sempre pelo silêncio mais retumbante. Tudo está no livro, com uma sinceridade que talvez seja excessiva para o ambiente alucinadamente egótico da literatura.

Na carta em que me pede a escritura deste prefácio, Valdir alega que eu tenho "o perfil ideal para tratar deste livro". Discordo dele. Não tenho. Minha visão da literatura é muito mais sombria, por motivos diversos. Tenho absoluta certeza de que nenhum escritor deveria gastar um miligrama de energia para lançar um livro, porque penso que a um lançamento – programa bastante próximo da exibição de vacas em parques de exposições –, um autor decente só comparece se bastante calibrado por generosas doses de scotch ou de veneno mais pesado.

Penso que capa, papel e letrinhas são tarefas que devem ficar a cargo de profissionais, editores e gráficos, inevitavelmente mais capazes do que nós. Acho que não se deve brigar com os jornalistas de literatura porque eles quase sempre, como diz a Bíblia, não sabem o que fazem. Ou seja, a regra básica, na cobertura da literatura, é a seguinte: jornais de São Paulo (principalmente) e Rio macaqueiam o que publicam revistas e jornais de Nova Iorque, Paris ou Madri. Nas demais províncias nacionais, os editores imitam o que fazem os luminares dos jornalões: loteiam seus cada vez mais parcos espaços entre as cinco ou seis maiores editoras, que, por sua vez, é claro, detêm os passes dos escritores mais valorizados pela mídia.

Durante quinze anos não lancei livro. Só o fiz recentemente quando forçado por um irmão mais novo, Lourenço Flores, que era o meu editor e me impôs essa vergonha adicional (além do mico implícito que é publicar um livro).

Acredito que um escritor deve gastar seu tempo apenas em escrever (95%) e em procurar editor (5%). As demais etapas são dispensáveis. Acho que um escritor só deve escrever ficção. Deixemos os ensaios para os professores de literatura. Depois do desabafo, Valdir deve voltar à literatura.

Por fim, aproveitando o espaço que Valdir de Aquino Ximenes me concede, recomendo a todo jovem leitor deste *O Quinto Livro* que queira ser escritor que aprenda uma língua culta: inglês, espanhol ou francês. Só se não dominar línguas importantes, o sujeito deve se consolar com o português. Neste caso, o neófito precisa descolar uma coluna em jornal de grande circulação. Sabe-se que toda grande editora brasileira publica qualquer livro de um colunista conhecido, sujeito que sempre garante a venda da primeira edição. Mas o mais recomendável hoje em dia seja a contratação de *personal marketing trainer,* que crie em torno de você uma aura de marginalidade, de escritor maldito, totalmente inadaptado a este triste mundo em que vivemos.

Lourenço Cazarré

"Ainda quanto aos temas, creio eu que o escritor se alimenta de si mesmo, como o catoblepas, o animal mítico que aparece para Santo Antão em *A Tentação de Santo Antão*, de Flaubert, recriado posteriormente por Borges em *O Livro dos Seres Imaginários*. O catoplebas é uma criatura impossível, que devora a si própria, começando pelos pés. Em um sentido menos material, é claro, o escritor também age como um carniceiro de sua própria experiência, atrás de matéria-prima para histórias. E não apenas com a finalidade de recriar personagens, episódios ou cenários a partir do material que lhe fornecem certas lembranças, mas também porque encontra naqueles habitantes de sua memória o combustível para a vontade necessária para coroar de êxito o processo, longo e difícil, que é a criação de um romance."

Mário Vargas Llosa

"Na sociedade moderna, nunca houve acordo sobre o que é ou deve ser a literatura. A sociedade moderna parece não saber o que fazer com a literatura. Entre a literatura e a sociedade moderna parece haver um mal-estar recíproco, que ambas em geral tentam disfarçar. A sociedade moderna tenta dar um uso para a literatura, uma aplicação, alguma eficácia, mas não tem obtido sucesso. A rigor, ela nunca conseguiu formular uma definição teórica ou institucional da literatura que adquirisse aceitação geral. No entanto, essa atividade que não se define e para qual não se consegue estabelecer uma função continua a ser praticada. E o mais desconcertante, nada disso parece impedir que os produtos dessa atividade sejam desfrutados, gerem experiências de conhecimento e adquiram alcance crítico".

Rubens Figueredo.

1

Era sobre a morte que eu pretendia escrever. Não sei se por uma morbidez em mim, decerto insuspeita para alguns, mas o fato é que a morte muito me interessava enquanto tema literário nestes últimos tempos, talvez para tentar uma catarse, uma desmistificação, expurgar os meus grilos, um lidar melhor com as minhas dificuldades de aceitação de sua inevitabilidade e irreversibilidade e quem sabe daí surgir um texto forte, vigoroso, corroborando assim a tese de Mário Vargas Llosa de que escrever estimulado pelos demônios ou fantasmas internos é melhor, o texto é produzido com mais energia e convicção. Interajo muito mal com a questão da morte, da perda irreparável, do fim absoluto e absurdo, da elaboração do luto, dessa coisa tão esvaziadora para quem vai e tão absorvente para quem fica (Philippe Ariès escreveu que basta uma pessoa estar faltando no mundo para que o mundo inteiro fique vazio para você).

É verdade também que estava influenciado pela leitura recente de um livro de uma escritora americana até então desconhecida para mim, Joan Didion - O Ano do Pensamento Mágico - sobre esse assunto. Atraiu-me sobremaneira a capa, que realçava a vulgaridade da coisa:

> A vida muda rápido, a vida muda num instante. Você senta para jantar, e a vida que você conhecia acaba de repente.

Estas frases diziam respeito à súbita e inesperada morte do marido, vitimado por um fulminante infarto agudo do miocárdio logo após comentar para ela, prosaicamente, sobre um livro que estava lendo, durante um jantar caseiro, também prosaico. Outra coisa que me sensibilizou agudamente nesse livro foi a referência ao luto como um período em que estamos como que em um submarino silencioso no fundo do mar, sofrendo a pressão da profundidade. Achei uma imagem muito apropriada para a situação.

Há muita angústia (corolário da existência humana) em mim em relação à morte. Não consigo vê-la pelo prisma mais ameno de um Mário Quintana, ao dizer, por exemplo:

> A morte é quando a gente afinal pode estar deitado de sapatos.

Não sei se por eu carregar essa coisa de viver muito forte, quando morremos morrem conosco todas as nossas vivências acumuladas, os nossos interesses e querências, os vínculos e afetos, os apegos e familiaridades, os contatos, os projetos, as incontáveis imagens na memória, e de repente, num piscar de olhos, tudo se desvanece, acaba, desce à terra para ser enterrado junto com os ossos e as carnes em decomposição. Tudo se perde na dimensão em que estávamos imersos, abruptamente encerrada.

Aceito a morte biologicamente, como médico que sou, mas não filosoficamente, este é o meu drama maior. Como usurpar o direito de viver de uma criança? Há violência maior do que esta?

A história que eu tenho na cabeça é sobre os mortos rebelados em sua condição, reunidos em um grande congresso no céu para protestar sobre o seu destino e a maneira como morreram, e aí eu colocaria as diversas formas de se morrer, com comissões temáticas estabelecidas conforme as circunstâncias e a idade em que a morte tinha se dado, estratégias de atuação no plano celeste, marcação de audiência com Deus, ensaios de rebelião de sua situação passiva de mortos, cogitação de greve,etc.

Um pouco sombria a história, embora com alguma comicidade. Somos movidos pela idéia da morte, segundo Fernando Pessoa o homem é um cadáver adiado.

Poderia ser também um livro de poesias – o meu reencontro com a poesia! Uma espécie de grande poema épico, único no livro, sobre a questão saúde-doença em nosso país. Um retorno às origens. Hoje, me sinto acovardado diante da poesia, não escrevo versos há muito tempo.

Às vezes, fico com a impressão de que é só uma fase, basta querer, sentar e os poemas brotarão novamente. Outros distanciamentos, em épocas anteriores, já aconteceram, e eu retornei ao universo de Camões, falando de um ponto de vista formal, técnico, da expressão em versos propriamente dita, e não de um estado de espírito que não requer necessariamente a feitura concreta de rimas, sonetos, etc. Mas existem ocasiões também em que temo haver me dissociado leviana e irresponsavelmente do processo poético e me voltado em demasia para a prosa. O certo é que estou na entressafra. Nem leitura de poemas tenho feito, o que, aliás, me incomoda muito e dá a impressão de que tento, deliberadamente, me apartar do fenômeno poético, o que em absoluto não é o caso.

Mas serei na essência um poeta? Mereço este rótulo por ter escrito dois livros de poesias? Eu, que tenho dificuldades em decorar poemas, sou péssimo declamador e há muito tempo não leio um livro inteiro nesse gênero literário? Estarei vivenciando a poesia em estado bruto, anterior ao verso escrito (o que para muitos até define melhor o sujeito-poeta, ou seja, a coisa sendo antes de tudo uma postura existencial, uma maneira de como se ver o mundo, numa sensibilidade mais refinada)? Preciso voltar à seara poética, quem sabe fazendo paradoxalmente versos sobre essa minha rarefação atual na elaboração de versos, e aí a poesia se fará presente, na medida em que se negará a sua própria formulação!

Ou um livro para crianças e adolescentes. Por que não? Seria um desafio para mim, um terreno que nunca penetrei. Já tenho inclusive idéias na mente, oriundas do hábito de contar estórias e histórias para os meus filhos na hora de dormir nos últimos anos, para desenvolver neles a oralidade, cultivar a sua imaginação e criatividade, hábito que me conduziu a esse projeto. Uma dessas idéias está mais consistente, é sobre o tripé violência, pobreza e literatura no universo infanto-juvenil de uma grande metrópole.

Ou um livro sobre qualquer tema, desde que cativasse o leitor, mesmo porque para Borges não há mais do que cinco histórias, o resto são variações em torno delas, e para Llosa não existe tema ruim ou bom, tudo depende da forma como lidamos com ele do ponto de vista estrutural; desde que seguisse o mandamento de clareza de Anatole France, afugentando assim os hermeneutas que se apropriam do seu texto com lupa, a destrinchar imaginários mistérios; desde que não raciocinasse demasiadamente, e sim olhasse muito e sonhasse com tudo aquilo que se viu, conforme preconiza Maupassant (Beckett chegou ao ponto de propor a pura apreensão visual e auditiva dos últimos textos de Joyce);

desde que fosse sintético, como sugere Kundera, que advoga a moral do essencial e a eliminação de tudo que é secundário para os romancistas, já que a vida é curta, a leitura, longa, e é necessário adentrar a alma das coisas, talvez sem chegar ao rigor do guatemalteco Augusto Monterroso, que escreveu um conto de apenas uma frase, obra-prima da concisão, rápido e preciso como injeção na veia, segundo Dalton Trevisan:

Cuando despertó, el dinosaurio todavia estaba allí.
(Quando acordou, o dinossauro ainda estava lá).

Ou mesmo não escrever nada. Encerrar a curta carreira de escritor já suficientemente desiludido para almejar vôos mais audaciosos. Consciente de minha inutilidade, do alcance nulo do meu gesto literário, da pregação no deserto, da expressão sem eco, das agruras e vicissitudes de se fazer literatura no Brasil, ainda mais em Brasília, como era o meu caso. Cansado de escrever livros fadados ao insucesso, ao mais absoluto anonimato, ao mais cabal esquecimento, excluído do circuito acadêmico e cultural do poderoso eixo Rio-São Paulo, onde os rumos literários deste país são ditados, o eixo que vale, faz acontecer, manda, discrimina, determina, aplaude, vaia, a humilhar, com a sua inacessibilidade, os que nas madrugadas silenciosas e sonolentas forjam os seus textos, que irão, na grande maioria dos casos, mofar nas gavetas, infectados de amargura e desencanto. E passam, assim, a compor essa imensa galeria de personagens anônimos, criadores de personagens ainda mais anônimos, ambos, criadores e criaturas, sedentos de reconhecimento que raramente vem.

Aí surgiram o Teobaldo e o Kerouac.

Teobaldo Aguiar, nascido em Sobral, Ceará, um escritor na zona cinzenta como eu, e que me acessou via e-mail se dizendo um primo distante. Havia lido o meu último livro e gostado. Ficou, então, tentado a me contatar, até pelos laços de parentesco. E se auto-intitulava porta-voz dos fracassados, ressentidos e excluídos do grande banquete literário do país. A sua idéia, que tinha como uma fixação diuturna há alguns anos, era criar um tal de GECE – Grupo de Escritores Carentes de Editoras –, e o seu longo e-mail, cujo conteúdo reproduzo uma pequena parte abaixo, era um manifesto que acredito enviasse para vários escritores mambembes ao mesmo tempo Brasil afora, e me conclamava a ser um dos fundadores desse grupo:

... se agrupem, se mobilizem, tracem estratégias para que o GECE repercuta, as suas idéias tenham expansibilidade. Produzam barulho, realizem passeatas com faixas gigantes em defesa dos direitos da categoria profissional dos escritores carentes de editoras, dêem visibilidade ao grupo. Fundem sindicatos, associações, procurem os programas de variedades de TV, desses loucos por novidades, quaisquer que sejam, Super Pop, Leão, Galisteu ou outras obtusidades, apareçam nas notinhas das colunas sociais ou de amenidades dos jornais e das revistas bobinhas, patrocinem no peito e na raça mesas-redondas só com excluídos nas feiras de livros anuais de sua cidade, enfim criem tumulto. Fujamos da sombra espoliante dos cariocas e paulistas, e reproduzamos por todos os cantos e rincões do nosso país exemplos salutares, de resistência ao padrão asfixiante, como o do Clube do Conto, na Paraíba, constituído de escritores que se reúnem anarquicamente todos os sábados, há quase três anos, e que tem feito a cena paraibana se agitar. Temos que fazer prosperar em outros lugares iniciativas semelhantes. Precisamos, como renitentes arqueólogos das letras, cavar com denodo o chão literário brasileiro, até acharmos outras alternativas. Perturbem! Hoje em dia, tudo é uma questão de barulho, os silenciosos acabam engolidos pelo sistema, ainda que não exista ofício mais solitário e silencioso do que o nosso...

Jack Kerouac surgiu para mim de uma forma mais efetiva recentemente, por meio da indicação de leitura dos seus "Diários" por um amigo. Até então o máximo de referência a seu respeito que eu possuía era que havia sido elemento de destaque da chamada geração "beat", movimento cultural americano dos anos cinqüenta, que tinha também em Allen Ginsberg e William S. Burroughs outros ícones literários.

A sua escrita furiosa e corajosa de certa forma me deu combustível para não temer muito os outros. Se com ele dera certo, por que não poderia legitimar o meu desejo de se tornar também "um grande e duradouro romancista"? Não teria do mesmo modo direito a essa ambição? Assim como eu, Kerouac desejava ficar conhecido, tinha explosões espontâneas de prosa, usava um caderno de anotações onde quer que estivesse.

Kerouac achava que revisões eram coisas para quadrados, pessoas culturalmente constipadas, embora parecesse ser mais mito e retórica do que verdade, vide os seus esforços torturantes para melhorar a trama do "The Town and the City". Ainda sobre esse ponto, destaco dos "Diários" o seguinte trecho:

> Outro pensamento que ajuda um escritor enquanto trabalha – deixe-o escrever seu romance "do jeito que ele gostaria de ver um romance escrito". Isso ajuda muito a libertar você dos grilhões das dúvidas de si mesmo e o tipo de falta de autoconfiança que leva a revisões demais, cálculos demais, "preocupação com o que os outros vão pensar". Olhe para o seu próprio trabalho e diga: "Este é um romance segundo o meu coração".

Então, açulado por Teobaldo e Kerouac, e também porque "o meu coração pedia", senti crescer em mim uma necessidade de contar a história, banal, vá lá, de um obscuro escritor residente em Brasília, a sua trajetória, como se deu a sua formação, os seus percalços, a sua árdua e inglória luta para se firmar primeiro no cenário literário local, depois a tentativa em nível nacional, o que significava fazer literatura em um país onde pouco se lê e ainda por cima fora da zona glamourosa e pouco hospitaleira das letras nacionais que era o eixo Rio-São Paulo.

Seria, em resumo, um relato da produção e elaboração de um livro por um membro passível de ser enquadrado no figurino dos componentes do tal "GECE" do visionário Teobaldo, desde a sua concepção na mente, passando por todos os detalhes técnicos de sua viabilização, quando ele é gestado, até o momento do parto, ou seja, do seu lançamento propriamente dito no mercado consumidor, e alcançando também o pós-parto, o day after dos ilusórios autógrafos, a saga renhida então para mantê-lo vivo, sobrevivente, abordando toda a estratégia utilizada de marketing e propaganda para lhe dar visibilidade, mínima que seja.

Ainda que fosse uma história que só viesse a interessar um eventual colega de ofício que almejasse também um dia algum reconhecimento de sua obra (tarefa para mim talvez não tão difícil, haja vista a informação dada recentemente em entrevista a jornal pelo presidente do sindicato dos escritores de Brasília, Ronaldo Mousinho, de que teríamos por aqui quase oito mil! abnegados escritores, a produzir de quatro a cinco mil livros por ano!); ou despertar a curiosidade do estudante de Letras que sonhasse envergar o fardão dos imortais acadêmicos, ou mesmo do discreto servidor público de alguma das inúmeras repartições existentes no Distrito Federal, engolfado na malha insípida e glacial do burocratês, mas que ambicionasse outras letras, outro vocabulário mais cheio de vida, e urdisse os seus textos entre um memorando e outro ou na calada da noite, regado a muito café para não desabar na escrivaninha puída e com fiapos de madeira nas bordas, no quarto apertado do modesto apartamento onde vive - ainda que não cativasse o interesse e a atenção de outros leitores que não esses, seria a minha história, e o meu coração, repito, pedia para contá-la, nem que suscitasse controvérsias na análise crítica dos amigos literatos, como um ciclo que tinha que ser concluído, como um vômito que urgia ser expelido no papel e cujo conteúdo ardente não podia mais ficar represo no estômago.

A minha história.
Uma espécie de autobiografia literária de um escritor desconhecido.
Um manual de inclusão e sobrevivência na selva literária brasileira.
O meu quinto livro.
A quem interessar possa.

2

Tenho quatro livros escritos e publicados: dois de poesia (**O Homem Submerso/A Solidão da Carne**), um romance (**Homem de Branco em Noite Escura**), e um de contos (**A Volúpia e as Algemas**).

Antes de comentá-los, principalmente sobre o último, o de contos, para que o leitor saiba, logo nas primeiras páginas, da dimensão correta da minha estatura enquanto escritor na paisagem literária do país, teço algumas breves considerações sobre as gradações existentes entre os literatos e onde estou contextualizado.

Temos diversos níveis de presença literária no Brasil:

Há os consagrados, citados com freqüência na mídia, referenciados e reverenciados em escolas e faculdades de Letras, convidados amiúde para palestras, se vivos ainda, com trânsito fácil nas principais editoras.

Temos os herméticos, não tão midiáticos, membros de excelsas academias, apreciadores de maçantes saraus literários, onde podem teorizar à vontade sobre os destinos do pós-modernismo, pós-estruturalismo e desconstrucionismo.

Os que estão em ascensão, cortejados pela crônica especializada em algumas ocasiões, com potencial para se firmar nacionalmente ou ao menos na sua região ou cidade.

Existe uma categoria que está surgindo agora e que me preocupa bastante a sua eventual expansão e no que isso poderá redundar em relação ao destino do livro enquanto objeto físico tradicional, que é a dos "blogueiros", isto é, autores mais acessados na Internet do que nas livrarias, e que tem em um jovem paulista residente em Porto Alegre chamado Daniel Galera um dos seus mais badalados representantes no momento, autor de uma frase sintomática, reveladora talvez de uma incipiente tendência, a do livro tecnológico:

> Para mim, não existe literatura sem Internet.

Há ainda, e aqui me incluo enfim, os que já publicaram, não são mais autores inéditos, portanto, não importando se por gráficas amadoras ou editoras capengas, mas inexpressivos e desconhecidos. Ingênuos...

Passado o furor inicial, finda a emoção inaugural do primeiro orgasmo, quando existe a possibilidade (fugaz, é bem verdade) de ver o nome impresso em algum jornal da cidade na parte de cinema e eventos culturais, coisas do gênero – "Lançamento do livro de poesias de Valério dos Santos, no restaurante..." –, vivenciado esse breve momento glorioso, sobrevém o silêncio absoluto. O manto asfixiante do anonimato enfim desponta, soberano, a cobrir o que não pode ficar muito tempo exposto. Nunca mais o nome é citado, e o livro fica então sem espaço, por exíguo que seja, em qualquer meio de comunicação. Integrado em definitivo à sua condição de pária no mundo literário. Sepultado. O máximo de exposição agora será o nome no lombo do livro eventualmente captado por um olho mais atento, à procura de novidades em algum canto discreto de uma livraria simpatizante da causa dos excluídos. Nada mais.

E aqui me recordo de um amigo, médico também, feliz da vida, coitado, com o livro da filha adolescente, finalmente impresso por uma gráfica qualquer, dois mil exemplares. Pois o sucesso será retumbante em sua projeção de pai coruja, com noite de autógrafos no melhor restaurante da região onde mora, todo mundo becado, discursos, música ao vivo, e então o fiasco, a ausência de público, vinte volumes vendidos para os coleguinhas da escola e só. E a realidade do dia seguinte, a pilha de livros encalhados, onde pôr tanto livro em casa? O que fazer com eles? E depois um pouco de vendas ainda no hospital pelo pai para os seus colegas, a interpelação ansiosa: "Aí, leu o livro da minha filha?" E o sorriso sem graça do interlocutor: "Ainda não, sabe como é, estou sem tempo..."

Lamento pelo meu amigo e sua filha. Que não desistam. Independente de qualquer mérito cultural, que não julgarei aqui e nem me cabe julgar, pois não li o livro da menina, louvo a atitude que tiveram. No mínimo, é uma adolescente diferenciada da grande maioria dos adolescentes deste país, que mal sabe interpretar um texto de cinco linhas, quanto mais escrever qualquer coisa. Minha jovem, vá em frente. Chegue ao quinto livro, como eu, nem que seja para somente dizer: "Tenho cinco livros escritos e publicados no Brasil. Sou, portanto, uma heroína, sou da elite pensante desta nação tão avessa à leitura, um ser deslocado no meio da multidão".

Bem, ainda dentro da hierarquia literária, há a categoria mais expressiva numericamente, constituída da grande massa dos aspirantes à primeira publicação, ao primeiro livro que anseia ganhar o mundo, mas que são solenemente ignorados pelos graúdos do mercado editorial e descapitalizados para bancar a própria edição. Muitos fazem dessa publicação o seu projeto intelectual (ou mesmo existencial) máximo e acabam morrendo com um travo de amargura, uma dolorosa frustração mal-resolvida, a compor a vasta galeria celeste dos poetas anônimos e de talento malbaratado.

Tímidos, uns, que guardam para si o fato de escreverem, poesia ou prosa, e nenhum colega de seção ou escritório a suspeitar, os escritos recolhidos em pastas pretas mal seguras por elásticos gastos, ocupando espaços nas gavetas em meio aos documentos pessoais da vida cotidiana; metidos, outros, a alardear os seus feitos literários, sempre declamando poemas da última safra, ou se lhes faltam a mínima dicção e entonação adequadas, afixam no mural de avisos da empresa para contemplação diária da carga lírica ou de denúncia social dos versos escritos nos interregnos das petições insensíveis, dos balanços contábeis enfadonhos, nas pausas do almoço, ou nos recessos das madrugadas compridas e angustiantes. E imaginam, oníricos, o sim mágico dos editores, a carta com o selo da editora no escaninho do apartamento, a aflição de abrir o envelope e então a recorrente e contumaz desilusão:

> ...após termos concluído a avaliação do original em referência, informamos que, infelizmente, sua publicação não foi recomendada. Sendo assim, agradecemos a remessa desse material e o colocamos à sua disposição, na editora, por um período de trinta dias, a contar da data de recebimento desta carta. Após esse prazo, o mesmo será inutilizado...

Nem para se ter de volta o que foi gasto em cópias, desperdiçado por aí, provavelmente queimado. Lixo. Devem achar lixo o conteúdo, então vai para o lixo literalmente. Isso quando se dão ao trabalho de responder, nos termos supracitados, padronizados por quase todas as editoras, qual um acordo tácito entre elas. No mais das vezes não há retorno, não perdem tempo com essas coisas menores. E você se sente o próprio objeto descartável, junto com o seu livro também descartado.

3

Sempre fui de fácil manuseio com as letras, frases, textos. Não fiquei, felizmente, enredado no rígido código oficial das palavras, que determina apenas o seu mero reconhecimento, sem abrir espaço para o imaginário, de que fala o autor argentino Alberto Manguel, e que destrói tanta potencialidade nas crianças para o mundo lúdico dos livros. Já procurava desde cedo contrariá-lo. E acho que essa subversão do contrato humano estabelecido na relação com as palavras a que eu estava destinado inicialmente pela norma habitual, pela insípida convenção social, fertilizou o terreno para o florescimento de minha persona literária.

Em idade precoce, já revelava curiosidade por dicionários, significado dos vocábulos, por estórias e histórias. Minhas redações escolares ganhavam relevo, observações elogiosas dos professores, desde os meus nove, dez anos. E prematuramente também demonstrei interesse por escrever cartas. Escrevia-as em profusão para tios distantes, discorria sobre fatos e idéias com desenvoltura inaudita para a minha idade, embora não fosse, claro, pois os tempos eram outros, um missivista do naipe de um Kafka, obcecado em escrever duas, três, até quatro cartas por dia à sua Felice Bauer, a quem almejava conquistar pela palavra escrita.

Lia jornais com avidez, mal entrado na puberdade. Notícias do futebol, mas também um pouco de política, a crônica policial, variedades, as resenhas das artes, notadamente cinema e livros. O cheiro de jornal desde então me fazia bem, além do contato físico mesmo com as suas folhas, seus cadernos. Sobraçar um jornal era algo que me excitava particularmente, como que a me prenunciar emoções gratificantes que teria em breve. Tomar um café, sentar numa confortável poltrona e ler tranqüilamente um jornal é hoje para mim uma seqüência de atividades bastante prazerosa, que me desliga de todo o resto, às vezes por horas, acentuando o caráter insular da leitura em relação aos meus circundantes. E por isso mesmo motivo de pasmo e incompreensão das pessoas de um modo geral, cada vez mais infensas à idéia de se perder tanto tempo com algo tão "tedioso e até mesmo alergênico", como é o ato rotineiro de se ler jornal. Principalmente, se tal ato tem lugar aos domingos, dia consagrado para o relax, ir ao clube, jogar conversa fora tomando cerveja com os amigos, assistir Sílvio Santos ou Faustão por horas a fio, para dormir ou simplesmente não fazer nada, coçar o saco em ócio total.

Tudo é válido, menos ler, e não só jornais, como livros (que ainda causa mais estranhamento nos outros ditos "normais"), atividade menor, inexpressiva, cansativa, démodé num mundo cada vez mais digital e visual, dominado pela força da imagem, do vídeo, dos teclados, onde o que mais se lê são palavras configuradas nas dimensões de uma tela.

Aos quinze anos, quando iniciava o meu segundo grau na escola, no primeiro dia de aula, mais precisamente de *Organização Social e Política Brasileira*, que acredito nem existir mais na grade curricular atual, a professora Lúcia (ainda lembro o seu nome) solicitou a apresentação formal de cada aluno na sala de aula, isto é, tínhamos que nos levantar, falar o nome e dizer que profissão pretendíamos seguir. Quando chegou a minha vez, ergui-me e, solene e seguro, vaticinei: "Quero ser médico e escritor". Bem ou mal, a profecia se concretizou integralmente. Ser escritor estava no meu DNA.

Ler sempre me foi quase tão essencial como respirar, uma atitude preponderante e invasiva, ou seja, ocupava espaços em mim com voracidade, quer fosse em uma viagem de ônibus interestadual, em plena madrugada, com todos dormindo, e eu devorando, insone, um livro, no escurinho da nave, somente a minha luz acesa (imagino a raiva e o incômodo do meu vizinho), solitário em minha atitude, fisicamente falando, mas mentalmente com uma sensação multitudinária a me acompanhar nas páginas prenhes de homens e mulheres, meus companheiros de viagem; quer fosse pedalando uma bicicleta em academia de ginástica ou em meio a um plantão noturno, entre uma consulta e outra. Quem prepara muita formalidade para ler, exige condições ideais de temperatura e pressão, no fundo está tentando adiar o mais que pode o ato da leitura e usa de subterfúgios, evitando a idéia.

Por outro lado, em quem lê obsessivamente, um livro após outro, o que fica retido, qual o impacto na mente? Como se dá o filtro das imagens, associações, idéias, mensagens? Algo difuso num primeiro momento e que depois se delineia e se direciona intelectualmente?

E também existe a questão ética, perde-se a dimensão humana, creio eu, se há uma atividade cotidiana voltada em excesso, quase de maneira exclusiva, para a leitura e sua ilimitada rede de signos, a ponto de engendrar uma fissura com a realidade, escapar o externo, o que está nas ruas, nas casas, camas, nas falas alegres ou deprimidas, e não se registra necessariamente nos livros. A sabedoria se constrói também na vivência em si, e não me agrada a idéia de ver sábios eruditos limitados em sua abrangência existencial ao ato de ler freneticamente, dia e noite. Perde-se, paradoxalmente, a sensibilidade, e tudo fica muito centrado no racional.

Isso me transporta a um conto de Hermann Hesse, em que é narrada a história de um intelectual que vivia apenas para os livros, e em uma noite de profunda solidão ele se dá conta de que para aplacá-la nada contido na sua imensa biblioteca lhe serviria – queria afeto, calor humano, uma mão carinhosa, uma boca úmida em sua pele, e então acaba a madrugada chorando nos braços cálidos, embora ignorantes, de uma prostituta, entendendo, de uma forma dolorosa, que a sintaxe da vida, bem mais complexa e enigmática do que a que convivia habitualmente, não podia nunca ser abandonada ou menosprezada.

Inpulsionado, talvez, por essa proclamação peremptória, anunciada nos meus quinze anos, lancei-me aos primeiros poemas, um chamando o outro, no princípio timidamente, mas depois com mais desembaraço, e quando percebi já tinha um punhado deles. Poemas de cunho existencialista, influenciado que estava por leituras de Sartre, Camus, Ionesco, autores que me foram apresentados pelo meu tio Maurício, médico e amante de leituras como eu, falecido precocemente, a deixar em mim uma lacuna muito grande.

Sobre Sartre, devo fazer aqui uma observação: com o passar dos anos, fui apagando a grande admiração juvenil que nutria pela sua figura enquanto intelectual e homem público engajado, comprometido com as principais questões do seu tempo, devido à sua defesa dogmática dos rumos do socialismo de então, principalmente em relação à postura soviética. Stalin revelou-se um farsante sanguinário, e aqui coaduno com o pensamento do filósofo francês contemporâneo Bernard-Henry Levy, de que as utopias são perigosas, porque em nome delas se perpetraram e continuam a se perpetrar os piores massacres humanos. Outrossim, compartilho a idéia de George Orwell a esse respeito:

> A aceitação de qualquer disciplina política parece incompatível com a integridade literária.

Entretanto, ainda subsiste em mim em relação a Sartre algum interesse na área ficcional.

Não escrevia poemas bobinhos não, de teor derramado para a álgida e inacessível amada, versinhos apaixonados e que seguissem a norma. Sempre fui meio arredio a essa linha sentimentalóide, optando por um lirismo que se pretendia mais denso.

No mural do Colégio Marista de Brasília expus ao mundo pela primeira vez os meus trabalhos poéticos, e agradaram, fiquei com fama de poeta. Tive o estímulo de alguns professores, o de Gramática particularmente, professor Raul, cuja amizade sustento até hoje. Marcos Martins e Marcos Sílvio, que ministravam Literatura Brasileira e Portuguesa, também me apoiavam. Professor Daldegan, com o seu jeito de seminarista, me incentivava muito nas redações com as suas notas sempre altas. E alguns colegas da sala de aula, poucos, é verdade, os mais intelectualizados e abertos para a vida, não deixavam de me dar força nessa minha incipiente empresa, tais como o Aristides, uma mente privilegiada (e uma altura também, quase dois metros), amante de filosofia e física quântica; o Pureza, talentoso desenhista e também cultor das letras, ambos até hoje mantendo comigo boa amizade e convivência.

Havia um colega, o Carlos Magalhães, filho de um conhecido escritor e jornalista em Brasília e em Porto Alegre, o Aldo Magalhães, que também punha pilha nos meus arroubos literários, enviando os pretensiosos contos que eu escrevia para o jornal onde o pai trabalhava, o *Correio do Povo*, de Porto Alegre, que possuía um caderno literário, com publicações tanto de autores de nomeada, como de iniciantes. Eu ficava na expectativa de pelo menos sair alguma referência positiva na coluna de comentários dos contos recebidos. E realmente tive um ou outro conto citado, vinha o título, as iniciais do meu nome e depois uma breve resenha. Lembro-me de uma vez que comentaram de minha imaginação fértil a serviço de uma história confusa, inverossímil, de um erotismo deslambido e descabido, do tipo "cliente experimentando uma bermuda no provador da loja e depois transando com a atendente com a casa cheia de fregueses..."

Transcrevo agora literalmente o que publicaram no número de 27/01/79, do caderno de sábado do *Correio do Povo*, sobre um dos caóticos contos que costumava escrever naquela época, chamado O Velho:

> A história é boa, mas está muito mal contada. Você repete demais certas palavras, certas expressões, e usa outras graciosamente. Sua frase, considerada isoladamente, está

mal arranjada, e no conjunto não se relaciona harmonicamente com o que a cerca. De outra parte, salta aos olhos a desordenação de suas idéias, resultado, quem sabe, de uma imaginação muito forte. É preciso pôr mais ordem na casa. Suspeito que a naturalidade na literatura nada tenha a ver com espontaneidade. Esta é o desabafo (raramente literário), aquela representa o trabalho duro do escritor, procurando a melhor maneira de dizer as coisas. Segure um pouco esse atropelo, amigão. Tome um conto e trabalhe apenas nele, vamos ver no que dá.

Terei aprendido a lição recebida na ingenuidade arrogante dos meus dezessete anos? Arrogância que ensejou uma carta minha em contrapartida ao exposto acima, carta esta que por sua vez proporcionou o segundo comentário do meu misterioso e paciente crítico:

Sua idade eu já adivinhava, mas sempre é uma vitória: tão jovem e já levando jeito. Não me queira mal se me equivoquei ao interpretar aquele seu primeiro conto, isso acontece. Espero que, nos próximos, eu consiga chegar mais perto de sua intenção. Recebi o novo conto, lerei tão logo possa.

Nunca tive a glória de um conto publicado no *Correio do Povo*, projeto literário maior dos meus tempos de colegial.

Um pouco antes de entrar na Universidade de Brasília (UnB) para cursar Psicologia, em 1980, minha pretensão inicial, influenciada por algumas leituras superficiais de Freud, um ano depois modificada definitivamente para Medicina, permanecia com pose de literato desenxabido, apesar das investidas malsucedidas no Sul, e publiquei, então, um poema intitulado **Enigma**, no *Navégus*, um jornalzinho alternativo editado pelo Anand Rao, mistura de músico, poeta e agitador cultural, membro destacado da "Geração Mimeógrafo", que era um grupo bastante atuante na época e surgia como recurso editorial mais democrático e acessível. Foi a minha primeira publicação em papel impresso.

O poema não era ruim, até hoje acho que ele conserva alguma qualidade, e parecia sinalizar que o meu caminho literário mais profícuo seria no campo dos versos, e não no das narrativas em prosa. Falava da estupidez da guerra para a humanidade. Tinha um tom inicial solene e evocativo e uma conclusão algo esperançosa do humano que resiste à incompreensão e intolerância entre os homens, e busca o amor, o afeto, o sexo, e junto a isso a fecundação de novos seres, mas ao mesmo tempo melancólica e fatalista, ao sugerir a inevitabilidade do mal. Um poema até maduro para um garoto de dezessete anos:

Desvenda-me esse teu enigma, ó Varsóvia invadida.
Estranha a tua incógnita tamanha!
Pois, no hórrido bélico de tuas sombras caídas,
No breu de tuas ruas crestadas,
Onde o silêncio estratégico e o medo eram armas vitais,
Eu escutei passos...
Uma tropa farejava animais.
Escutei também, mais aflito, gritos ardentes
— Um homem e uma mulher se amavam,
Um homem e uma mulher preparavam um novo ser
Para uma nova guerra.

Depois, veio algo para mim extremamente positivo, posto que fato até hoje único em minha humilde jornada de literato: fui premiado.

Participei de um concurso de poesias em 1981, promovido pelo departamento de Letras da UnB, e obtive um honroso segundo lugar, com o poema O Homem e a Casa, de forte cunho social. Dizia de um pedreiro que participava da construção de uma casa, dormia nela enquanto era construída e da impossibilidade de continuar a fazê-lo, após o término da obra. Não era também um mau poema, muito pelo contrário, e acho que mereceu o prêmio, ainda mais que avalizado pelo emérito poeta e professor de literatura Cassiano Nunes, intelectual muito respeitado nos meios acadêmicos e não-acadêmicos da cidade e que fazia parte da comissão julgadora. Posteriormente, foi aproveitado no meu segundo livro de poemas (A Solidão da Carne):

O homem periférico constrói
uma bela casa com suas mãos,
e a tem para si enquanto estiver
sob o jugo dos seus braços.
Ele mora nessa casa
no tempo de fazer paredes.
Nela dorme, tem seus sonhos
com os companheiros de labuta,
em vã afeição a cada dia.

Sente saudades da mulher distante
e emoldura no desejo a filharada
afoita no jardim que se anuncia.
Obra tão bonita, feia a tua posse!
Cada compartimento findo
é futuro chão inacessível.
Mas ele sonha, que dele é sonhar,
e no suceder de outras empreitadas
novos tetos e novos amores erguem-se
dessa relação bruta com o material.

Depois desse concurso participei de um outro, de contos, promovido pelo Centro Acadêmico de Letras e Lingüística da UnB, em 1984, e fui selecionado para a etapa final. E foi só.

Devo, porém, dizer que não participei de muitos concursos literários, não confio na honestidade deles (ou talvez seja uma maneira cômoda e defensiva de eu racionalizar a questão). O que revelam ou deixam de revelar? E as premiações são quase sempre ridículas, por vezes não pagam nem as cópias tiradas para enviar a não sei quantos jurados que mal folheiam a sua obra e dão um veredicto a partir daí cheio de sapiência, baseado nessa leitura apressada. Na verdade, acho que são válidos e deveriam existir até em muito maior número, com boas premiações e farta publicidade em cima dos vencedores.

Ainda a respeito de concursos e de sua relatividade, tenho um amigo em Brasília, o Alan Viggiano, algumas vezes já premiado pela Academia Brasileira de Letras com os seus livros e nem por isso tem reconhecimento nacional, está sempre se sentindo apartado e infeliz, após mais de quarenta anos de labuta nas letras. Ganhar concursos, portanto, não é garantia de visibilidade e fama.

Mas é mister confessar, sem hipocrisia: não acharia ruim ganhar concursos, ser comentado, debatido nos saraus literários, nos meios acadêmicos, obter projeção, enfim. Ser citado em ensaios, em colunas nos jornais, em artigos de revistas de literatura, figurar em antologias, ser referência, receber convites para fazer prefácios de autores jovens em busca de carona em seu prestígio, fazer parte de júris de concursos, estando assim do outro lado da mesa, premiando e não somente sendo premiado. É da natureza humana, universal, o anseio pela fama, como um vício incurável.

E por ter no ardor de minha juventude ingênua essa necessidade de aparecer, de ser publicado ainda com mais intensidade, fui presa fácil de falsos editores, vigaristas oportunistas que exploravam a boa-fé de crédulos poetas para publicar antologias de poesias de autores desconhecidos de todo o país, desde que "pagassem" a publicação, com direito a cinco exemplares cada autor. Sendo assim, ainda no ano de 84 vi um trabalho literário meu impresso pela primeira vez em livro, editado por uma tal de Shogun Editora e Arte Ltda.

Era um poema fraquinho, curtinho, chamado **A Face Oculta do Sentimento**:

> Pronto, aqui estou diante de ti.
> Apenas sei que te quero,
> mais, não posso.
>
> Pouco tenho a te oferecer a não ser
> saberes que a ti toda a minha abrangência
> reveste-se da dubiedade de minha carência.

O meu consolo era que quase todos os outros poemas da "antologia" eram ainda piores do que o meu. Mas não contente com essa lambança, cometida com todo o orgulho do mundo, e até mesmo estimulado por ela, me envolvi logo depois em outra empreitada literária que, da mesma forma que a anterior, em nada acrescentou ao acervo cultural do país e nem ao meu singelo currículo. Obviamente, praticada pela mesma "editora" Shogun. O agravante dessa vez era que o livro misturava poesia e prosa, numa barafunda de estilos, conteúdos, formas, temas, tudo sem um critério mínimo de qualidade, valia apenas a questão financeira. Chamava-se **Literatura Brasileira**, e eu participei com um conto, intitulado **A Cidadela**. Calma, senhoras e senhores, não irei reproduzi-lo aqui, mas devo dizer que, embora não significando necessariamente um elogio, se destacava em meio à mediocridade reinante, tanto em relação às páginas que me antecediam, como nas que me sucediam, e com um pouco de lapidação poderia até ficar um razoável texto.

Já num nível mais sério, obtive publicações esparsas de poemas bem no começo da década de oitenta nos jornais ***O Povo,*** de Fortaleza, e ***Correio Braziliense***, de Brasília, este nos tempos em que prestigiava a literatura candanga através da coluna do sóbrio e consagrado poeta Joanyr de Oliveira, organizador da primeira obra editada na capital federal, **Poetas de Brasília**, em 1962, e um dos primeiros nomes a me apoiar. Na publicação cearense, lembro-me particularmente de um poema chamado **Milagre**, de poucos versos e novamente em tom solene, evocativo (parecia que eu estava impregnado de uma aura messiânica):

Encrespa-se o mar.
Chove! Os negros remam.
O mar é grande,
o horizonte é curto.
Chove; e é noite
— Haverá lugar
para uma réstia de sol?

Note-se que no verso **o horizonte é curto** poderia ter cortado o "é", já citado no verso anterior, e colocado no lugar uma vírgula, soaria mais elegante. Coisas de principiante...

Premiação aos dezenove anos pela universidade, publicações de poemas em jornais de grande circulação... Tudo parecia sinalizar que eu teria um destino pomposo no mundo literário nacional.

Continuei nos meus poemas durante o curso de medicina, embora de forma bem irregular, visto que na dependência do ritmo das aulas e das folgas entre os plantões como estudante. Mas concretamente, e sugestionado talvez pelo fato de estar muito focado nos estudos universitários, na coisa médica em si, e na perspectiva de uma especialidade a escolher em breve para fazer residência, não tinha pretensões de construir carreira literária, publicar livros. O que satisfazia a vaidade do meu lado intelectual até então era somente a produção de poemas e contos (estes em menor quantidade), e que fossem aceitos favoravelmente pelos amigos diletantes de literatura.

E foi baseado nessa fama de poeta e escritor, de leitor voraz, além de ser considerado um aluno de boa performance (segundo Rainer Maria Rilke, **a fama é a soma de todos os mal-entendidos que se reúnem em torno de um homem**), é que lançaram o meu nome para orador da turma por ocasião da formatura do curso médico. Minha candidatura competiu com a do colega Simões, aluno considerado modelo, com ótimas notas, de perfil discreto e conservador, com cara de bom-moço recatado. Eu tinha uma linha comportamental mais aberta, convivia bem com gente pertencente aos mais diversos grupos e tendências ideológicas da turma, o que me garantia votos da "direita, centro e esquerda", fator que permitiu a minha vitória e conseqüente escolha para orador.

Vinte anos depois, avalio o meu discurso como extenso em demasia, verborrágico, com duração acima do que possibilita que se mantenha o ouvido alheio ainda atento ao que se fala. Não estava mal escrito, não serei tão severo assim, mas poderia ter sido mais curto, mais solto e informal. Acho que pela própria solenidade que envolve a colação de grau de uma turma de medicina, associada ao fato de a mesma ter sido realizada no auditório do Colégio Militar da capital federal, em 1986, quando os gabinetes do Poder ainda recendiam a fardas verde-oliva recém-destituídas, fiquei um pouco inibido, embora eu tenha feito sutilmente referências não muito simpáticas sobre a longa noite que tínhamos vivido nos últimos vinte anos até então, aplicada ao contexto da atividade médica, quando citei "que a função do médico é fornecer saúde, e não retirá-la; eliminar ou abrandar o sofrimento, e não promovê-lo; aplacar a violência, e não provocá-la, através de danos físicos ou morais às pessoas. Devemos sempre respeitar os princípios humanistas e não estar a serviço de interesses escusos".

Era uma referência velada aos colegas que compactuavam e ajudavam nas torturas infligidas aos prisioneiros políticos na época da ditadura. Hoje, parece uma realidade distante, mas naquelas circunstâncias não poderia ser mais explícito do que fui, estando na casa do próprio torturador. Confesso que foi a minha, apesar de modesta e retardatária, mais ousada manifestação como cidadão contra a existência do regime militar.

Recentemente, li na revista *Playboy*, na seção Neurônios, uma pitoresca nota intitulada: Cinco razões para escrever um livro. Tem um caráter meio debochado. Segue abaixo:

1) Livrar-se da tarefa de ter um filho.
2) Não requer capital inicial: só lápis e papel.
3) Se der certo, ganha-se prestígio e uma segunda profissão sem ter feito outra faculdade.
4) Se der muito certo, ganha-se dinheiro sem ter investido um tostão.
5) Se der errado, o pior que pode rolar é um crítico dizer que, como escritor, você daria um bom pai.

Porém, eu, médico recém-formado, continuava ainda sem ser picado, ao menos em nível consciente, pela mosca azul da literatura formal, editorial, autoral. Não surfara, portanto, até aquele momento, nas ondas da *Playboy*. Literatura, para mim, tinha somente a dimensão configurada em escolher bons livros nas livrarias, adquiri-los e lê-los, de preferência com o Aurélio do lado. Talvez, como li recentemente no Correio Brasiliense, dito por um autor desconhecido para mim, Juliano Pessanha, eu não escrevera de uma forma consistente até então "porque a vida estava se inscrevendo em mim".

Antes tivesse ficado somente nesse nível, ou seja, absolutamente desprovido de ambições maiores que não a de formar uma boa biblioteca em casa, saborear sossegado a minha Alexandria particular, qual um fetichista como Alberto Manguel, que considera cada livro do seu acervo fenomenal (trinta e cinco mil exemplares!) um ser vivo que não pode ser desfeito. Antes permanecesse apenas com a pretensão de ser consumidor, e não produtor de literatura, com toda a carga de angústias, responsabilidades e frustrações que isso acarreta.

Meramente ler, sem compromisso, degustar livros, leitor ávido e anônimo. Não provar do veneno vaidoso de querer se expor ao outro e esperar seu reconhecimento, algo tão difícil de se obter em uma nação como a nossa, de desapego ostensivo à cultura em todas as classes sociais, principalmente nos extremos, isto é, nos marginalizados e nas elites.

Mas eis que em fins de 1992 comecei a cogitar uma maneira mais concreta de reunir os meus poemas mais significativos e publicá-los em formato de livro. Um livro só meu, do início ao fim, e sob o meu quase total arbítrio.

Isso aconteceu no ano seguinte. Em 1993, lancei o meu primeiro livro, **O Homem Submerso**. O parto enfim acontecera. Meu primeiro rebento... Estava jogado às feras, entregue ao mundo, exposto às intempéries e vicissitudes advindas do contato ao mesmo tempo fascinante e capcioso com o universo público das letras. Agora não dava mais para retroceder. Seria um filho único e deslocado que estava vindo ao mundo? Um filho com complexo de rejeição e predestinado a ser prematuramente esquecido? Um filho fruto de um ato isolado, praticado num rompante intelectual que doravante se revelaria inconsistente e sem fôlego para outros vôos mais altos?

4

Dou um salto no tempo até 2004, quando já estou no meu quarto livro, em vias de ser publicado. Como vêem, o filho arduamente concebido e que sugeria ser um garoto solitário, ganhou companhias, ganhou três irmãos! Que feito heróico em um país em que grande parte de seus habitantes não possui quatro livros em suas casas, sequer lêem quatro livros durante a vida inteira. Eu era, pois, uma pessoa que fugia à regra, motivo de reverência por parte do meu círculo social de convivência e pelos meus pares da medicina, gente que em sua maioria não lê os meus livros, mas me admira, há uma certa aura respeitosa e que impõe um distanciamento pudico em relação ao meu lado intelectual. Louva-se a nossa inteligência pelo fato de se escrever livros e não pelo conteúdo deles; gente que vai à nossa noite de autógrafos, compra o livro, muitas vezes apenas para dispor na biblioteca acanhada da casa e poder dizer às visitas: "Olha, o autor deste livro é meu amigo, conheço há um tempão..."

Com os parentes, acontece coisa pior. Pois como são pessoas que, ao menos em tese, se convive mais, haveria, por conseguinte, chances de um feedback sobre o livro ocorrer mais facilmente.

Não sei com os outros, mas comigo, sobre todos os livros que escrevi, reina um silêncio quase sepulcral. Cunhados, concunhados, sogros, irmãos, tios, primos, até mesmo mãe, esposa, todos não emitem um comentário que seja sobre os livros e o seu conteúdo. Ou melhor, quando muito, um genérico "ah, legal, gostei" ou "parabéns pelo seu livro". Destino mais cruel, a sina do não-lido em todas as instâncias!

Até acho que um ou outro da família possa ler meus livros, não gostar e por respeito, para não me criar constrangimentos, silenciar. Da minha parte, por uma questão de manter a boa convivência e não aumentar um possível distanciamento, calo também sobre o assunto, a não ser quando instigado a comentá-lo por um eventual parente iniciado nas artes literárias, o que infelizmente não é o caso em minha família e nem no grande contingente das famílias brasileiras (embora tenha um tio-avô, falecido há vários anos, Leonardo Mota, de grande projeção em sua época como folclorista).

É como se houvesse a obrigação de adquirir o livro (embora alguns se achem no direito de ganhar, nunca comprar, "isso é um absurdo, onde já se viu cobrar de um parente?"). Comprado o livro, cessa qualquer outro eventual compromisso em relação a ele. Assunto esgotado. Coisa do passado, nem uma palavra a mais sobre isso, como se fosse tema proibido, um tabu. O livro vai para a vala comum das tralhas imprestáveis da casa, podendo até mesmo sumir, quando uma mudança de residência ocorrer, objetos que ficam a meio caminho entre a casa velha e a nova. O que importa mesmo são os últimos lançamentos automobilísticos ou os classificados dos jornais. Livro está muito longe do círculo de interesses de cada um, pertence a um outro mundo bem distante da esfera de conversações do cotidiano.

Voltando ao meu quarto livro, andava com uma idéia rondando a cabeça de escrever alguma coisa, passados dois anos e meio que eu havia publicado o terceiro. A coisa estava passeando em meus sulcos e circunvoluções cerebrais, imersa na rede dos meus cem bilhões de neurônios, querendo avançar, ganhar forma. Assim é que começo a escrever um livro.

Após rondas e mais rondas, por algum misterioso processo bioquímico ou mental, esses bilhões de neurônios, que fazem entre si mais de cem trilhões de conexões, atuam qual "uma tempestade cerebral", e então as palavras vão surgindo em ritmo galopante, as frases se delineando, os pensamentos iniciais se formatando e criando uma corrente aonde diversos outros pensamentos vão se conectando e de repente compondo um fluxo intelectual que necessita sem demora ser despejado no papel. Tem início, assim, um processo irrefreável e irrevogável do que era uma idéia vaga e abstrata e que culmina na conclusão de alguma história, de um relato, um poema.

As imagens começaram a habitar o meu consciente de uma forma mais insistente. O projeto inicial era um romance, algo como uma situação bem bizarra envolvendo uma senhora que se relacionava com um jovem sob condições totalmente incompatíveis. Chocaria o leitor, dada a incongruência do que estava sendo narrado, e ao mesmo tempo extremamente excitante, pelo absurdo das incompatibilidades relatadas.

Na verdade, a idéia inicial do livro partiu da conversa com um amigo médico no hospital onde trabalho. Era um tipo curioso, excêntrico, bem apessoado. Casado com uma bela mulher, de trinta e cinco anos, uma loura de atributos físicos nada desprezíveis. E no entanto, mantinha uma amante bem diferente de sua esposa: uma senhora de sessenta e seis anos!, tendo ele apenas quarenta e um. Muito fina, da aristocracia paulista tradicional, casada com um próspero empresário já entrado nos setenta, impotente pelo diabetes. Era uma mulher bem vaidosa, esbelta e de boa estatura, de feições atraentes, mantidas às custas de plásticas, sempre elegantemente vestida, perfumada e ornada de jóias dos mais famosos designers do país e do exterior. E sedenta por sexo ainda!

Além do agravante da idade, tinha um outro, físico: não possuía mamas, devastadas por um câncer, que a obrigou a extirpá-las dez anos atrás, quando foi desenganada pelos médicos. Ele achava que era justamente isso que o ligava há seis anos a ela: a sua vontade de viver, e fazê-lo bem, com qualidade, com sexo, o que, aliás, era praticado com ele de uma forma muito tranqüila e gostosa, sempre culminando com orgasmos para ambos na maioria das vezes simultaneamente.

Mas só depois de algum tempo de convivência no hospital é que pude ter uma explicação mais plausível para a sua conduta, que, por sinal, era reincidente em termos de estranheza, pois antes dessa senhora aristocrática tivera um caso com uma moça amputada de uma perna, usava prótese. É que ele sofria de ejaculação precoce transando com a sua esposa, como se a responsabilidade de satisfazê-la sexualmente pesasse demasiado em seus ombros, e o mesmo não acontecia quando estava com a coroa ou com a garota deficiente, situações em que podia ficar mais à vontade, sem o peso de obter uma performance satisfatória para a parceira, porquanto em posição de superioridade física. E assim o coito fluía mais leve, mais demorado, com chances de obtenção de orgasmo para ambos. Não havia grande risco de perda, de ser abandonado por uma eventual insatisfação da companheira.

O mundo das relações amorosas e sexuais seria muito fascista, se fosse pautado exclusivamente por critérios anatômicos severos, lineares, previsíveis, harmônicos, ou seja, somente bonito com bonita, feio com feia, gordo com gorda, magro com magra, novo com nova, velho com velha, branco com branca, negro com negra, ou mesmo só homem com mulher. O interessante, o que nos dá esperanças de que nem tudo tem que ser tão determinista, é quando observamos homens e mulheres se amando, juntando os fluidos, se comendo sem seguir conceitos estéticos rígidos, nas mais variadas formas de união. A mistura é possível, há alternativas, a ditadura do belo guarda variantes, formas de escape de qualquer pretensão eugênica que nos permite ver luz no fim do túnel.

Na realidade, devo admitir que exagerei um pouco na descrição física da amante do nosso amigo. Sua idade não era tão avançada. Deixemo-la com sessenta e um e teremos a exata dimensão temporal de sua jornada humana, além do que o câncer era no colo do útero e não nos seios, permitindo, assim, a sua manutenção no corpo sexagenário, ainda que flácidos, mas preferíveis à sua ausência total. Liberei minha veia ficcionista e deturpei um pouco os fatos. Porém, deixo a minha versão como a oficial, fica como sendo verdade, não importando que inventada. Na literatura, interessa mais a possibilidade das coisas e não necessariamente a sua real existência. Quanto mais fraude houver numa ficção, paradoxalmente mais autêntica ela é. Subscrevo mais uma vez Mário Quintana: O fato é secundário para a realidade.

Então fiquei com vontade de desenvolver um livro com histórias que seguissem essa linha sexual descrita pelo meu amigo. Um livro que falasse do sexo de uma forma menos usual, em que houvesse até a celebração da volúpia do feio, que também existe. E além da conotação sexual, como pano de fundo estaria o amor, o encontro afetivo positivo, aparentemente impossível, entre duas pessoas tão díspares, com histórias de vida tão diferentes. Imaginei para isso uma senhora de mais de sessenta anos, virgem, loura, nórdica, enfermeira e freira ao mesmo tempo, oriunda de uma família abastada, cuidando de um rapaz de vinte e poucos anos, negro, favelado, bandido, analfabeto e em coma devido a um tiro na cabeça. Seria possível desse encontro tão cheio de impossibilidades ser gerada uma relação de afeto e carinho, entremeada de tesão e volúpia? Se isso fosse viável, então caberia tudo na dimensão do humano, tudo teria o seu lugar, e a esperança não deveria nunca arrefecer. Essa seria a essência, o fulcro da minha ficção.

Logo vislumbrei o potencial de escândalo embutido nessa história, os manifestos contrários, a reação da Igreja, de setores puritanos e conservadores da sociedade, as críticas veladas ou diretas dos familiares e amigos, as tias carolas decretando o mutismo reprovador sobre o livro do sobrinho que "parecia tão sério".

Bem, isso em circunstâncias envolvendo um escritor consagrado, autor de narrativas que repercutem e criam polêmica na sociedade. Não era o meu caso, decididamente. A Igreja não tomaria nem conhecimento da edição do meu livro, não iria, pois, contestar o que para ela não existia. Isso me fez ficar mais à vontade na condução do tema, não tinha compromissos com performances literárias ou imagem social a preservar, não havia um público leitor a conservar, não perderia nada, enfim.

Fico imaginando a angústia desses figurões literários já eternamente comprometidos com a imagem estabelecida e que ficam se policiando, podando os pensamentos, cerceando a livre circulação da verve criativa pelos meandros da mente, famélicos por extrapolarem, mas não, não podem, há os editores, fulano não vai gostar, sicrano vai romper o contrato, há o mercado, que vai fazer cara feia para essas experimentações despropositadas. Há, enfim, a amarga constatação de que você, literato talentoso, está preso à inelutável necessidade de manutenção da própria performance. Infelizmente, você já está alienado no desejo do Outro, perdida para sempre a sua essência mais pura. Você já ganhou muitos prêmios, todos esperam agora somente coisas daí para melhor, metido que está na camisa-de-força da vaidade intelectual, qual uma sex-simbol gostosérrima e neurotizada com o menor acréscimo de gordura corporal ou o fanático halterofilista escravizado a uma imagem muscular rígida e infeliz.

Que se ferrassem os incomodados. Eu queria ser escritor essencialmente para mim mesmo, com tudo que isso tivesse de sentido libertário e libertador.

E me atirei com tesão à minha história, com volúpia, com amor à humanidade, à vida no que ela tem de renovação, de transformação, de sensualidade. E comecei também a ler livros atinentes ao tema, Gabriel García Márquez e as suas **Memórias de minhas putas tristes**, um pouco decepcionante para mim, Anais Nin – **Delta de Vênus** –, livro que me agradou parcialmente, com os seus contos de certa forma repetitivos e com descrições físicas dos personagens sempre muito idealizadas e glamourosas, **As 100 Melhores Histórias Eróticas da Literatura Universal**, título pomposo e ambicioso, como se o autor pudesse ter o poder de determinar tal coisa.

E no desenrolar da escrita, no decorrer da história, fui percebendo que poderia desmembrá-la em várias outras correlatas ao tema, ou seja, sobre sexo envolvendo pessoas de idade avançada, que surgiu da questão originária do meu amigo com vida sexual exótica. Fiquei num dilema: juntaria todas numa só história, criando várias subhistórias a dar suporte à principal, ao eixo norteador de todas elas, numa espécie de caixa chinesa ou babuska romanceada, ou criaria várias histórias autônomas, resultando assim em um livro de contos, o primeiro que escreveria?

Pouco a pouco, a idéia dos contos foi criando corpo em mim, na proporção em que via situações sexuais entre velhos com velhos, velhos com jovens se constituindo com uma certa identidade. Situações inusitadas, trágicas, cômicas, provocativas, com um verniz escandaloso. Mas todas dentro de uma mesma essência de pensamento, ainda que em contextos diferentes. Então me vi com um livro temático nas mãos e intuí potencial mercadológico nele, o assunto era polêmico, mas ao mesmo tempo atraente, sexo é sempre um assunto arrebatador. E havia pouca coisa publicada a respeito, a maioria como teses acadêmicas. De certa forma, estava inovando, ousando, instigando polêmica.

Lembrei-me na ocasião de uma passagem do meu último livro lançado até então, o romance **Homem de Branco em Noite Escura**, em que uma mulher de cinqüenta e quatro anos desvirginava um garoto de treze, e percebi nela elementos que coadunavam com o espírito que deveria caracterizar a minha nova obra. Faria uma revisão na história, enxugaria algumas passagens desnecessárias, acrescentaria outras mais pertinentes e formataria como um conto, extirpado do seio do romance. Como poucos teriam lido o meu romance mesmo, então praticamente ninguém perceberia a adaptação, passaria como uma coisa inédita. Liberdades literárias que somente escritores anônimos podem se dar ao luxo de desfrutar.

A enfermeira, personagem central do conto principal do livro, no seu trabalho diário conheceu uma senhora de setenta anos que internada no hospital contou uma história do seu envolvimento com um rapaz de vinte e poucos. Era então o gancho para virar um outro conto, autônomo, com vida própria; por outro lado, a história do meu amigo médico com a velha sem peito ensejou para mim duas outras histórias: uma, com um matiz hilário, talvez a mais engraçada do livro, chamada **O Esperma e a Osteoporose**, em que uma velhinha entrevada numa cadeira de rodas vislumbra a cura para a sua osteoporose no milagroso remédio chamado "esperma", que deveria ser ingerido! A outra é sobre uma sexagenária que justo no dia em que comemora sessenta anos conhece um rapaz com metade de sua idade, e vai para a cama com ele antes que o câncer na mama (olhe ele aí de novo...) avance rumo à consumação total do seu corpo e de sua vida. O conto chama-se "Everaldo", e ostenta esse nome devido à importância que teve esse homem, seu marido, do ponto de vista negativo, em sua sexualidade.

E assim as histórias foram se sucedendo... Não queria, porém, que ficassem somente no sentido mulher velha com homem novo, se bem que fosse o menos usual de se ver, pelo menos em situações artísticas, tanto em nível literário, como visual, cinematográfico.

Então parti para uma narrativa envolvendo um homem maduro e uma jovem, inclusos numa situação específica que eu conhecia bem, dada a minha condição de médico. Tinha lugar, pois, em um pronto-socorro, abordando um mulherengo no ocaso de sua virilidade tentando, de uma forma grotesca e ridícula, ainda se manter erecto, tanto física como mentalmente, comendo a mocinha em pleno consultório no seu horário de atendimento. Inspirei-me muito em um colega do hospital, que me deu involuntariamente subsídios durante anos de convivência.

Pretendia também, para ilustrar bem as diversas possibilidades de sexo e afeto na vida da turma da terceira idade, colocar a sexualidade entre duas pessoas idosas, ou seja, um homem e uma mulher passados dos setenta e juntos, na cama, a comemorar cinquenta anos de casados fazendo sexo, fogosos ainda, com ternura. Objetivava mostrar que era possível, sim, em meio a tanta superficialidade dos sentimentos, a tanta ligeireza nas relações e a tantos precoces desencontros amorosos, era exeqüível que dois seres humanos ainda compartilhassem o mesmo teto, a mesma cama e voltados um para o outro, destemidos na manutenção dos seus afetos e desejos, por mais de cinqüenta anos.

Era o último conto, o mais curto, o mais lírico, um conto-poema, o mais bonito, esperançoso, para fechar bem o livro, como um contraponto para a narrativa anterior, que tinha uma densidade mais pesada, e em última análise para todas as outras também, que expressavam uma visão mais amarga da condição humana.

E o título desse conto, **Cinqüenta**, ficou também como contrapartida ao **Setenta**, de uma outra história, os dois títulos referenciando o tempo, a sua passagem em visões opostas, negativa no caso do setenta, em que um jovem se afasta de uma mulher ao descobrir que a mesma possuía setenta anos, e positiva na situação do cinqüenta, visto como tempo de casados, a duração de um matrimônio feliz.

Queria terminar o livro de uma forma leve, externando um alento, ainda que debilmente luminoso.

5

Na elaboração desse meu livro de contos evidenciaram-se mais uma vez para mim as dificuldades envolvidas em tal empreitada e que já tinha ocorrido, em maior ou menor grau, quando da realização dos meus outros livros, em vista da minha condição de médico e pai de família, com filhos pequenos.

Explico melhor: como médico, tinha e continuo tendo que conviver com a tensão existente entre a medicina e a literatura no aspecto "tempo", pois o meu ganha-pão efetivo não me permite usá-lo à larga como gostaria na atividade de escrever. O trabalho médico me consome muito, além do que não se pode negligenciar, sob pena do profissional ficar desatualizado, as leituras médicas, uma se superpondo à outra, no ritmo febril de novas descobertas que a Ciência faz. Por outro lado, a medicina fornece ao escritor atento um rico material humano para ser explorado em seus textos, e que já proporcionou o surgimento de grandes escritores ao longo dos séculos no mundo todo (Tchecov, Miguel Torga, Fernando Namora, Somerset Maugham, Céline, Guimarães Rosa, Moacyr Scliar...).

Essa questão da exigüidade de tempo de que disponho me obriga a ser bastante seletivo no que leio, o que acarreta a quase não ler os colegas escritores de Brasília, em prol dos autores "de fora", principalmente os que já fazem parte da tradição literária nacional e mundial. É que pelo fato de não possuir formação acadêmica nas Letras, o pouco que sei é pelo autodidatismo e curiosidade intelectual, e ter uma cultura literária ainda muito aquém da que considero adequada para alguém que se propõe a ser um escritor de qualidade, tenho que priorizar as minhas leituras, infelizmente em detrimento dos confrades candangos, o que é uma incoerência da minha parte, eu que estou aqui a bradar contra o sistema que só privilegia os grandes nomes.

Se nem nós lermos, escribas desafortunados, uns aos outros, quem irá nos ler?

Como pai de família, por sua vez, havia a realidade de dois filhos ainda pré-púberes, a me solicitar naturalmente que lhes desse atenção para as suas brincadeiras ruidosas, como que reafirmando a incompatibilidade hodierna entre pais literatos e filhos hiperativos e pouco afeitos a leituras. Minha mulher, por seu turno, sabedora de que estou concentrado na escrita, grita lá do quarto: "Atende o telefone aí, Valdir!". É como se dissesse: "Vê se faz alguma coisa que preste, se movimenta!".

O leitor, mais ainda do que o escritor, tem sobre si a incompreensão do outro sobre a sua atividade. Ler para muita gente é sinônimo de vadiagem, de ociosidade e imobilidade, como se a leitura não constituísse uma intensa atividade mental, uma das mais nobres ações humanas.

Tenho uma teoria para isso: na verdade, a tribo dos leitores constitui um grupo à parte, elitizado existencialmente, bastante reduzido, e que por isso mesmo incomoda. Pois são pessoas refinadas, que nunca se sentem entediadas ou solitárias, pois estão sempre acompanhadas, em qualquer circunstância. Prescindem de outro-fazer. Suportam filas estoicamente, se bastam na leitura, soberanas, e sem mobilizar um grande capital ou mesmo aparato tecnológico. E isso causa desconforto, uma profunda inveja na outra tribo, a do não-leitores, a dos versados em mecanismos e engrenagens, muito mais numerosa, e que, a título de vingança, rotula então, cheia de ressentimentos camuflados, os amantes da leitura de "turma de desocupados, um bando de vadios e preguiçosos".

Diversas vezes, desde quando comecei a escrever livros, em momentos em que já estava engrenando, após uma luta feroz contra o papel, tive que interromper o sagrado e incompreendido processo da criação para cumprir afazeres domésticos inevitáveis, perturbado pelo trivial do dia-a-dia.

Não podia fazer (e nem gostaria se fosse possível) como Montaigne, que se isolou em seu castelo e lá ficou, dos vinte e poucos anos até a morte, escrevendo os seus ensaios. E muito menos seguir o modelo proposto por Kafka (que, aliás, se deteve bastante nesse tema da interferência no escrever, de sua interrupção) para uma escrita perfeita, colocado com muita percuciência por Ricardo Piglia, no seu ótimo livro O Último Leitor:

> Freqüentemente, pensei que a melhor forma de vida para mim consistiria em encerrar-me na parte mais profunda de uma imensa caverna com uma lamparina e tudo o que

é necessário para escrever. Alguém me levaria comida e sempre a deixaria longe de onde eu estivesse instalado, atrás da porta mais exterior da caverna. Ir buscá-la de camisolão, atravessando todas as abóbadas, seria o meu único passeio. Logo em seguida eu voltaria para a minha mesa, comeria lenta e conscienciosamente, e depois recomeçaria a escrever. O que eu não seria capaz de escrever nessas condições! De que profundidades extrairia o que escrevesse! Sem esforço! Pois a concentração extrema não sabe o que é esforço. O único problema é que eu talvez não perseverasse e, ao primeiro fracasso, quem sabe inevitável, inclusive, em tais condições, forçosamente submergiria na maior das loucuras: o que você acha disso, meu amor? Não recue diante do habitante da caverna!

Por vezes, a coisa comigo iniciava morna, pouco fluente, sonolenta, a mão com preguiça no manejo da caneta. De repente, e se não houvesse antes alguma interrupção cotidiana, as idéias vinham, avançavam na mente desembestadas, se agrupavam, ganhavam consistência, a caligrafia ficava mais espirrada na folha, adquiria uma velocidade que atropelava as letras, comia sílabas, o cérebro se atiçava, o tédio e a modorra iniciais iam se dissolvendo, os olhos ficavam mais atentos e abertos, os poros cutâneos se dilatavam, os sentidos como um todo se aguçavam, era a criação, boa ou má, não importava, que estava se processando, as frases sendo formuladas com voracidade, num ritmo por vezes alucinante, as amarras desfeitas, o que estava até então inibido era desbloqueado em nome do livre curso das idéias que fluíam agora, no uso da caneta, a estética sob o jugo supremo da criação, o id atuando com energia, para depois o superego assumir o leme e então se proceder ao enxugamento, à dissolução das gorduras, à reformulação dos pensamentos e dos sentimentos, à economia de parágrafos, de frases, de adjetivos, de verbos (as duas fases de que Gombrowicz faz referência, ou seja, a da embriaguez e a da lucidez), antenado à reação do eventual leitor, do improvável editor, e tudo que era espontâneo, fluxo caótico de idéias e imagens expelidas da mente, se submetendo à etapa seguinte da criação, regida por um rígido controle interno e externo, de coibição e cerceamento, em que o eu mais centrípeto do escritor está menos presente, em que menos se agrega e mais se subtrai, a fase, ao menos para mim, mais chata e cansativa, cerebral no sentido matemático, num faz-refaz constante e exasperante, que pode durar semanas, meses, por vezes anos, como se interminável, como se nenhuma obra literária se esgotasse totalmente, sempre aberta, em permanente estado de processo, de desmonte e recomposição, um organismo pulsante em constante desassossego (o que nos remete à noção joyceana de **work in progress** e a Flaubert, que via estupidez em se querer a conclusão), e assim o que era prolixo e verborrágico fica para trás, como um ritual de passagem da criação, como um traço perdido de inocência, a infância da elaboração do livro definitivamente ultrapassada.

E contribui para isso, para essa farra aparentemente ilimitada de correções e mudanças de texto, a facilidade proporcionada pela era digital, na qual vivemos agora, em que o computador, com os seus inúmeros dispositivos sofisticados, nos proporciona meios de constantes alterações em nossos textos, em questão de segundos modificamos todo um contexto literário e seguimos em frente, o que não acontecia na época da máquina datilográfica, em que eram penosas e contraproducentes as correções que tinham que ser feitas.

Bom ou mau? Acho que bom, nos deixa mais livres para criar, com mais liberdade para ousar, para corrigir os erros ou situações que achamos inadequadas, depuramos e lapidamos nossos textos com mais afinco.

Mas informática é um assunto controverso... Há, nos dias atuais, como que uma estética da computação, uma onda digital avassaladora, um mundo que privilegia e prioriza os objetos físicos e concretos. Computadores se inserem numa era em que os objetos e o seu manuseio tecnológico contam muito mais do que o universo das representações mentais, do imaginário libertador, da construção onírica e da degustação das coisas abstratas e simbólicas.

Gilberto Safra, escritor e psicanalista de São Paulo, afirmou, em palestra recente, com muita propriedade, que o sujeito da história não é mais o homem, e sim a técnica. Esta não é mais meio e sim fim, e que vivemos sob o seu domínio, desalojados de nossa própria corporeidade e com a subjetividade definida por fora.

Forjou-se uma dicotomia, com uma imensa conotação de exclusão, entre duas civilizações: a das pessoas que lidam e manejam em suas vidas com a informática e a "maneira digital" de se viver, e do outro lado, as que não introjetaram em seu cotidiano essa forma de vida, permanecem delas alienadas e têm um grande estranhamento com essa engrenagem complexa, que agride os seus referenciais no manejo e na resolução dos problemas e das situações com que foram criadas e educadas quando jovens e até na vida adulta.

E se sentem, então, dissociadas e desintegradas do fluxo da vida, tomadas por uma grande angústia pelo medo do desconhecido, desse ser misterioso que é o computador e tudo o que se associa a ele em termos de maquinário moderno, e se colocam como que à margem, vendo o trem passar sem entender direito como as coisas estão acontecendo, confusas em relação à sua identidade, desnorteadas e apequenadas. Seria como que uma reedição, sob roupagem moderna e sofisticada, em termos de medo e inadaptação, da burocracia kafkaniana.

Perde-se com isso muito da essência do humano, que deve sobrepujar questões tecnológicas e ser o valor supremo da sociedade.

6

Tentei alternar, no meu livro de contos, na medida do possível, histórias mórbidas com outras mais leves, e também narrativas curtas mescladas a outras mais longas, como **O Jovem, as Velhas e o Sexo**, texto extenso e um pouco filosófico, embora acredito que não entediante, e que rivalizou com o conto **A Volúpia e as Algemas** como carro-chefe do livro, pelo investimento literário que lhes devotei, pelas idéias e conteúdo mais encorpados que ambos continham.

O Jovem, as Velhas e o Sexo talvez pareça para alguns de cunho moralista, porém o vejo mais pelo lado cínico, sarcástico, por vezes francamente contraditório, a revelar também a própria natureza contraditória do seu criador, humano como qualquer outro.

E ambos os contos disputaram a primazia de ceder o seu título para figurar também como o título do livro. Inicialmente, estava propenso a escolher **O Jovem...** Tinha um chamariz maior, soava mais comercial e sintetizava bem o espírito da obra. Contudo, ao mesmo tempo achava-o longo e apelativo, além do risco que eu corria de afastar o interesse do possível leitor pertencente às camadas mais conservadoras da sociedade.

A Volúpia e as Algemas exalava uma sonoridade mais poética, uma sensualidade menos explícita, evocava imagens diversas a quem o lesse. Casava bem com o conteúdo dos contos e aproximava mais o leitor, qualquer que fosse ele, afinal todos temos dentro de nós as nossas volúpias e as nossas algemas, nos mais variados graus. E além do que, se estamos falando de sexo após os sessenta anos de vida, então estamos nos referindo à volúpia conectada a várias algemas, vistas aqui obviamente como ferramentas abstratas que obstaculizam a expressão do tesão que ainda teima em permanecer pulsante nos corpos e mentes experientes (embora possamos considerar também as algemas no seu sentido literal, como elemento físico, objeto concreto, no caso do primeiro conto).

Instalara-se em mim a dúvida. Qual título optar? Estava mais inclinado pela **Volúpia**, mas seguindo um método que sempre utilizo em processos decisórios de certa importância em minha vida, consultei algumas pessoas, amigos do meio literário cujas opiniões me seriam de grande valia. As três pessoas consultadas foram unânimes em indicar **A Volúpia...** como um título mais sugestivo e sutil e, portanto, menos escancarado. Estava decidido. Seria **A Volúpia e as Algemas** o nome da minha nova obra.

Sempre tive muito zelo na escolha dos meus títulos de capa, fato reconhecido pelos colegas da área e leitores amigos. Excetuando o do primeiro livro, de poemas, **O Homem Submerso**, interessante, mas comum, os outros títulos – **A Solidão da Carne**, também de poemas, e o romance **Homem de Branco em Noite Escura**, guardam um quê de estranhamento, um certo senso de evocação, de associação de idéias.

A Solidão da Carne... Solidão é um conceito mais ligado ao espírito, à alma, ao coração, a um estado mental, a algo abstrato, enfim. Aqui, ele está associado à coisa material, física, palpável, à carne.

Homem de Branco em Noite Escura descreve um médico em crise existencial e profissional, acometido de grande solidão, e que parte do Brasil para a Europa em busca de novos ares, de um sentido para os seus dias de grande turbulência interior. É a busca de um encontro consigo próprio, uma viagem, sobretudo, para dentro. O livro está organizado por capítulos e transcorre metade deles em um hospital, durante um plantão, em que se acompanha quase minuto a minuto o que se passa nos consultórios e na cabeça do Dr. Juliano, e a outra metade na Europa, numa viagem de excursão desse médico por vários países, sendo dispostos alternadamente (funciona, usando jargão especializado, como uma espécie de vasos comunicantes).

Então o homem de branco naturalmente representa a figura do médico, e a noite escura comporta várias leituras: a noite escura do próprio protagonista, o seu eu escuro, a alma atormentada; a noite escura do plantão em si; a noite escura da medicina brasileira, e por extensão da saúde como um todo em nosso país, em que tradicionalmente se dá pouca atenção e relevância às questões ligadas a esse tema, nunca encarado como prioridade pelos nossos governantes e legisladores.

Portanto, era um título inteligente para um livro que muitos viam como autobiográfico, devido ao fato de abordar a vida de um médico e pediatra como o autor, além do que as situações ali relatadas, tanto em nível hospitalar como nos cenários europeus, coincidiam com vivências próprias minhas.

Evidente que nele, sob forma romanceada, de ficção, portanto, tinha bastante de mim, minha visão do processo, meus fantasmas, fraquezas, minha amargura e desesperança com o rumo das coisas. Aliás, Mário Vargas Llosa afirma, com rara felicidade, no seu instrutivo **Cartas a um Jovem Escritor**, "que o escritor não escolhe seus temas, pois é escolhido por eles. Escreve sobre certos assuntos porque certas coisas se passaram com ele." E continua, com mais brilhantismo:

> Ainda quanto aos temas, creio eu que o escritor se alimenta de si mesmo, como o catoblepas, o animal mítico que aparece para Santo Antão em "A Tentação de Santo Antão", de Flaubert, recriado posteriormente por Borges em "O Livro dos Seres Imaginários". O catoblepas é uma criatura impossível, que devora a si própria, começando pelos pés. Em um sentido menos material, é claro, o escritor também age como um carniceiro de sua própria experiência, atrás de matéria-prima para histórias. E não apenas com a finalidade de recriar personagens, episódios ou cenários a partir do material que lhe fornecem certas lembranças, mas também porque encontra naqueles habitantes de sua memória o combustível para a vontade necessária para coroar de êxito o processo, longo e difícil, que é a criação de um romance.

Devo dizer que esse meu romance representou o momento em que eu mais me aproximei do "eixo", do epicentro do vulcão efervescente das idéias que repercutem em nosso país. Porquanto finalmente havia conseguido que uma editora do gueto Rio-São Paulo se dignasse a responder afirmativamente ao envio dos meus originais, ainda que fosse uma editora de pequeno porte, como era o caso da *Sette Letras*, e ainda que fosse em um esquema em que eu entraria com todos os custos da edição.

Mas somente o fato de acontecer isso, haver um interesse na edição do livro por parte de uma editora carioca, que embora modesta tinha um certo prestígio nos meios literários de sua cidade, com um catálogo de autores publicados que incluía nomes de respeito, e além do que com condições de efetuar uma distribuição mais eficiente do meu livro do que a que eu dispunha até então em Brasília, e também com chances, conquanto mínimas, de conseguir alguma repercussão na mídia influente do país, essas coisas já significavam um avanço na minha carreira literária, um pequeno pulo, é verdade, mas um pulo. O próximo passo, ou melhor, o grande salto, o objetivo final seria a edição por uma renomada editora e com os custos totalmente financiados por ela.

No período em que estava envolvido em sua elaboração, usei muito o recurso de escrever rapidamente alguma coisa que reputava digna de registro em um pedaço de papel mais disponível no momento, a qualquer hora, e depois inseria na história, quando o contexto assim o permitia. Fazia isso tanto que quando me dava conta estava cheio de tiras acumuladas rogando aproveitamento no texto.

Trata-se de um método que acredito comum a muitos outros escritores e que normalmente me satisfaz, por ele otimizo ao máximo as minhas idéias, que naturalmente não têm hora marcada para chegar à cabeça e nem sou um computador para armazená-las na memória sem precisar fazer uma anotação, por menor que seja. E comumente quando estou em processo de realização de um livro fico mais antenado, capto mais as coisas que de um jeito ou de outro guardam relação com o que estou escrevendo.

Na parte médica do romance escrevi grande quantidade das situações no próprio ambiente hospitalar, dentro de plantões literalmente, na maioria das vezes às quintas-feiras, pela madrugada, até duas da manhã, quando acabava o meu turno e ia me recolher. Entre uma consulta e outra, que nesse horário escasseava bem mais, escrevia bastante. Essa rotina só falhava quando chegava uma emergência das brabas, que demandava minha atenção por muito mais tempo do que era o usual.

E em outros momentos, mais cedo, antes da madrugada, ou mesmo durante o dia, estava sempre a postos para registrar em pedaços de papel, timbrados ou não, epifanias (ao menos para mim), momentos de iluminação literária, instantâneos que tinha que captar qual um repórter fotográfico sempre ligado no ambiente circundante para não deixar escapar nenhuma imagem interessante do cotidiano. Principalmente expressões populares usadas pelos pacientes e seus familiares, que eu utilizava nos diálogos para lhes dar maior veracidade. Fiz como que um estudo linguístico informal, valendo-me, sobretudo, do jargão popular relacionado às doenças, à designação de achaques e sintomas. Levei cerca de três anos nessa pesquisa, para mim muito gratificante, e acho que o resultado final ficou bom.

7

O que move um escritor? O que faz ele persistir no ofício, dia após dia, noite após noite, madrugada em madrugada, num país como o nosso, onde não é devidamente valorizado, onde, por exemplo, as exposições anuais da **Casa Cor** espalhadas nas grandes cidades, com os seus diversos ambientes decorados, nunca expõem um escritório com biblioteca cheia de livros, reflexo claro de uma realidade em que o livro é um produto menor nos lares brasileiros, sejam estes miseráveis ou sofisticados (que é o caso aqui em questão)? Onde nos indefectíveis festejos de final de ano com amigo-oculto raras vezes os livros, estes objetos não identificados na memória coletiva brasileira, são lembrados como opção de presente?

Aliás, livro no Brasil é muitas vezes atestado de nossa suprema ignorância, usado como objeto de decoração, compondo ambientes, como costuma ocorrer com bíblias, livros de arte, de fotografias, que ficam embelezando nossas estantes e mesas no centro das salas, ou dispostos, constrangidos e deslocados, nos aparadores ao lado de jarros estilizados, e parecem esgotar o seu uso nessa função decorativa. Eu mesmo compactuo com isso, possuo na minha estante dois volumosos livros que ainda não foram manuseados como merecem ser, qual enfeite, que são o **Dom Quixote** (incomensurável heresia!), em edição primorosa, e um sobre trabalhadores do mundo, fotografias de alta densidade social e qualidade técnica de Sebastião Salgado. Ambos esperando os meus olhos atentos sobre eles, e eu sempre postergando, à semelhança de uma pessoa que tem o mar às mãos, mas nunca entra em contato com as suas ondas, precisamente por poder fazê-lo a qualquer hora.

Ainda sobre essa questão, vale a transcrição literal de um trecho muito belo do livro **Herdando uma Biblioteca**, de Miguel Sanches Neto, uma obra bastante interessante, das melhores coisas que li nos últimos meses:

> Enquanto não passar pelos olhos do leitor, que o incorporará, na maioria das vezes inconscientemente, ao seu universo de referências, o livro não chega a ser propriamente livro, é apenas impresso. Um objeto que só ocupa espaço no mundo físico, uma ferramenta desprovida de sua principal função, a de interferir na constituição do humano.
>
> Uma de minhas professoras de catequese, em nossa primeira aula, nos contou a história de sua relação com a bíblia. Tem o tom das narrativas edificantes, mas talvez, ao tirá-la do seu contexto, eu consiga dar-lhe nova roupagem. Ela nos trouxe duas bíblias, uma velha, pequena, a encadernação esgarçada, marcas de dedo no papel, e uma de capa dura, letras douradas e marcador vermelho, de seda, colado na lombada. E nos perguntou qual bíblia era melhor. Nós, crianças pobres, desejosas de uma vida material mais requintada, escolhemos a grande. A professora disse-nos que também tinha sido esta a sua escolha. Comprara aquela porque se envergonhara da outra, que a acompanhava desde a adolescência. Mas, depois que comprou, não quis estragar a bíblia nova, destinada a decorar o balcão da sala de jantar. Ela continuou fazendo suas leituras religiosas na antiga. E então nos perguntou, de que vale uma bíblia que não foi lida?
>
> Olho os livros velhos em minha estante, encadernações estragadas (os que eram apenas colados soltaram suas folhas) e penso que eles podem ser chamados de livros, pois seguem em mim.

Poético e profundo.

O que nos sustenta, afinal? Será o gozo criativo, intelectual, a fruição estética? Não nos apetece, no íntimo, a aprovação do outrem, o olhar alheio sobre o que criamos e a admiração conseqüente de quem se vê numa relação desigual de forças, visto que na condição de consumidor e não de produtor cultural, não teremos essa pretensão arrogante, para muitos inconfessável? Não nos moverá, ainda, a aspiração mais recôndita da imortalidade? Na verdade, atua em nós um somatório de todas essas motivações.

E o que eu procuro? O que está por trás destas páginas despretensiosas, nos subterrâneos das frases, sub-reptício aos pensamentos expostos? Denunciar, criticar, ironizar a política cultural infame deste nosso país tão carente de alimento mental também? País que se orgulha ultimamente de dizer da crescente diminuição dos seus analfabetos, esquecendo de registrar a real proporção dos seus analfabetos funcionais, que até sabem ler e escrever quatro ou cinco linhas no máximo, mas não conseguem pensar, analisar, interpretar minimamente um texto, e que são os que interessam realmente em termos de acréscimo de educação e cultura.

Como solitária é essa atividade de escrever, ainda mais em nações do terceiro mundo como a nossa, onde as famílias raramente possuem literatos em seu seio, e quando isso acontece o coitado que ousou a tanto se sente mais solitário ainda, rotulado de bicho-do-mato, esquisitão, indivíduo estranho e arredio, incompreendido entre os seus, sem apoio, aplausos ou estímulos. Sobretudo sem o compartilhar, sem a crítica e a cumplicidade de tudo que se quer transmitir. Abandonado, pois, se refugia entre os seus personagens. E a categoria de intelectual dentro da família ganha ao mesmo tempo um caráter de reverência traduzida em distância silenciosa e de desprezo contido, este nem sempre tão discreto assim.

Escrevo, no fundo, para mim mesmo, algo que precisa ser extirpado de minhas entranhas revoltas, para que eu fique apaziguado. A relação que tenho com a literatura é tão íntima e indestrutível que paira sobre as questiúnculas externas. E até mesmo, arrisco a dizer, prescinde de editores, livreiros, críticos (estes, segundo Fielding, são apenas "funcionários da literatura", não registrados pela história, ao contrário dos criticados), mídia, jornalistas, prescinde, num nível mais radical, dos próprios leitores. Porque a coisa é profunda, visceral.

Ler principalmente e escrever são duas coisas que ainda estão sob o meu amplo arbítrio. Submetidas à minha governabilidade, resistentes à ingerência alheia. É uma relação existencial, que me preenche enquanto necessidade intelectual, ainda que desdenhada por muitos em volta, ignorantes da sua importância e desinteressados do processo fomentador do nosso crescimento como seres humanos.

8

Assim que concluí **A Volúpia e as Algemas**, feitas enfim as correções e revisões sistemáticas a que normalmente procedo, parti então para o trabalho de parto do filho concebido arduamente. Mas como isso se daria? O velho esquema das editoras de grande porte? Já havia tentado nos livros anteriores, sem sucesso. Gastava uma boa quantia em cópias e postagem e desperdiçava o meu tempo à toa. Escolhia as mais conhecidas do eixo Rio-São Paulo, algumas de Porto Alegre, e estavam assim praticamente esgotadas as possibilidades editoriais para um escritor almejar no Brasil algo mais do que uma edição por uma gráfica qualquer ou arremedo de editora a funcionar nos arredores de sua cidade.

Poucos desses gigantes editoriais se dignavam a me responder, ainda que com os velhos chavões, com a linguagem estereotipada e padronizada, como a que recebi da *Rocco*, reproduzida fielmente abaixo, sobre o meu livro de contos:

> "Prezado (a) senhor (a),
>
> Após termos concluído a avaliação do original em referência, informamos que, infelizmente, sua publicação não foi recomendada, embora possua visíveis qualidades.
>
> Sendo assim, agradecemos a remessa desse material e o colocamos a sua disposição, na editora, por um período de 30 dias, a contar da data de recebimento desta carta. Após esse prazo, o mesmo será inutilizado.
>
> Contamos com a sua compreensão.

A coisa funciona de forma tão automática que nem se deram ao trabalho de tirar do texto a letra "a" opcional do "prezado senhor", nem verificaram que no caso em tela tratava-se de um autor do sexo masculino, além do que erraram ao se referirem ao meu livro como "originais", pois na realidade ele já havia sido publicado quando escrevi para a Rocco, e o que enviei então foi um exemplar do mesmo. Desatenções sintomáticas...

Provavelmente, fazem isso para quase todos os originais que recebem dos milhares de aventureiros românticos e sonhadores, mormente se oriundos das cidades "menores", que aspiram ao panteão das letras, a consagração no mundo intelectual, para anos depois, cansados de tanto esperar, capturarem enfim, desistindo de qualquer pretensão maior do que somente um elogio suspeito do amigo de trabalho mais íntimo.

Nem chegam, esses oligarcas das letras, a ler acuradamente na maioria das vezes os sofridos originais recebidos. Quando muito, um mero passar de olhos, e então dez, doze, dezoito meses após o envio pelo ingênuo autor vem a resposta (quando vem), nos termos supracitados, desacompanhada dos originais, que ficam assim no poder deles, sabe-se lá para fazer o quê, queimar, arquivar ou aproveitar desonestamente alguma idéia, alguma frase, à revelia do seu desavisado autor.

Não estava motivado para submeter meus contos a esse roteiro já sabido de antemão que inútil. Ainda que dessa vez não fosse poesia, pouco vendável e, portanto, de mínima rentabilidade para os editores, ainda que o tema do livro fosse incomum, interessante, raramente visto em ficção, ou seja, sexo na terceira idade (e sexo hoje permeia tudo no mundo), achava que seria mais uma vez ignorado.

Preferi parti para outra via.

Fiquei sabendo durante solenidade de posse de um novo membro na Academia Brasiliense de Letras, no início de 2004, que havia uma alternativa para publicação de livros em Brasília, financiada pelo próprio governo local. Tratava-se do FAC – Fundo de Arte e Cultura. Funcionava da seguinte forma: escritores, músicos, artistas plásticos, coreógrafos, cineastas, apresentavam os seus projetos artísticos para serem apreciados por uma comissão julgadora. Se aprovados, eram patrocinados por verba pública(!), comumente mais da metade ou dois terços dos custos. Cultura bancada por grana estatal, mais precisamente literatura? Espantoso, mas verdadeiro. E o que era melhor, o autor ganhava uma edição em torno de mil, mil e quinhentos exemplares, em que somente dez por cento eram doados obrigatoriamente para bibliotecas públicas e universidades, e havia o compromisso de proferir palestras sobre o livro ou tema relacionado a ele em escolas e faculdades, públicas ou não.

Eu tinha receio de o meu trabalho ser julgado negativamente, não pelo seu valor literário em si, que imaginava ser de bom nível, mas pelo seu conteúdo, talvez agressivo e escandaloso demais para um júri que eu sabia um tanto conservador e refratário a ousadias temáticas.

Sentia falta de subversão, escândalos, de provocações e polêmicas. De personagens urbanos que identificassem bem a cidade e que também por si só figurassem com destaque na crônica literária local. Estava um tanto saturado da literatura candanga bem-comportada, contida, previsível, quer do ponto de vista formal como de conteúdo, tudo muito sem repercussão. Livros de poesias inconseqüentes, com versos banais ou pedantemente herméticos, de crônicas tolinhas, raramente um romance bem tramado ou contos elaborados. E tudo no âmbito de uma patota literária que parecia se bastar, já acostumada talvez a ser preterida pela mídia local, que ficava no mais das vezes alheia a todo esse processo criativo, que bom ou mau tinha que ser noticiado, analisado.

Sempre me achei um tanto desenturmado dentro desse contexto, a começar pela minha idade. Logo que entrei para a Associação Nacional de Escritores, mais conhecida como ANE, em 1993, percebi que eu era um dos mais novos, um dos caçulas, com os meus trinta e um anos. Reuníamos semanalmente na pizzaria Germana, na 114 Sul, nas noites das terças-feiras, e na mesa com freqüência me via como o bebê da turma. Brasília não teria, para conviver harmoniosamente com a geração mais tradicional, uma literatura nova, escritores novos, propostas novas? E se tinha, onde estavam? Em que lugar se escondiam? Ou eu é que não os enxergava, ou optado pela geração mais velha, por desconhecer os jovens talentos espalhados por outros points culturais que eu não freqüentava, mas que poderiam estar arejando o panorama literário da cidade?

As terças literárias que a ANE promovia e até hoje promove de quinze em quinze dias sempre tiveram para mim um cheiro de mofo, pelos seus temas por vezes desinteressantes. Na minha modesta concepção, essas palestras deveriam ser mais abertas à comunidade de uma maneira geral, e não somente aos iniciados em literatura, à igrejinha dos escritores. Deveriam ter um caráter mais amplo e popular, menos acadêmico, visando trazer a população para o convívio com os literatos e a literatura de Brasília. Discorrer sobre, por exemplo, **Conceito e Imagem**, assunto à primeira vista hermético e pouco atraente, para uma platéia de gatos-pingados, que sentido há?

Recentemente, o médico e escritor Júlio Cezar Meirelles proferiu uma palestra com uma característica mais sedutora, a propósito do lançamento do seu livro **A Lógica da Maldade**. O tema era **Ética**

Médica e tortura: o envolvimento de médicos e profissionais de saúde em procedimentos cruéis e degradantes. Assuntos como este, com um conteúdo mais social e comunitário, podem atrair os cidadãos em geral para os eventos da ANE, mesmo quando estes tiverem eventualmente uma conotação mais técnica e acadêmica.

9

Meu livro de contos foi aprovado para publicação pelo FAC.

É bem verdade que para isso me vali de alguns trunfos. Tratei, então, de chancelar o meu trabalho com um nome de peso: Moacyr Scliar. Uma análise favorável de sua parte ao contos seria um aval poderoso para obtenção dos recursos do FAC.

Eu não era um total desconhecido para Moacyr Scliar, pois já tinha sido contatado por mim quando do lançamento do meu romance **Homem de Branco em Noite Escura**, em 2000. E na ocasião tinha sido muito receptivo e simpático à minha abordagem, não sei se influenciado um pouco pelo fato de ambos sermos médicos e o tema do livro tratar da questão da saúde em nosso país, embora em forma de ficção.

De maneira que arrisquei ligar novamente para a sua casa, agora visando a leitura dos meus contos. Mais uma vez, atendeu-me amigavelmente, autorizando o envio dos originais. No que fiz sem grandes expectativas, na remota esperança de um retorno de sua parte, homem ocupado que era, envolvido decerto em mil atividades e projetos, mergulhado em seus textos, suas palestras, entrevistas e viagens que fazia habitualmente pelo país e mundo afora.

Qual minha surpresa, porém, quando menos de dez dias depois do envio do livro, recebo uma correspondência sua, em papel de carta mesmo, à moda antiga, a meu pedido, pois não queria o tom impessoal contido nos e-mails, queria resgatar aquela coisa antiga de receber cartas em papel de carta mesmo, esverdeado nas bordas, infelizmente coisa rara hoje em dia, onde os escaninhos dos edifícios ficam entupidos de folders, contas para pagar ou cartas comerciais. Queria uma resposta do Moacyr Scliar escrita a caneta e com a sua assinatura feita à mão, e não a gélida assinatura eletrônica moderna. Desejava um documento seu endereçado a mim, que guardaria como um troféu, uma nota de reconhecimento que talvez não tivesse mais a chance de obter no porvir tão nebuloso das letras nacionais.

Dentro do envelope, para meu gáudio, havia mesmo um cartão escrito à mão por ele, com algumas linhas muito auspiciosas sobre os meus contos. Fiquei empolgado, certo de ter conquistado um forte aliado, um avalista de projeção incontestável para o meu projeto. Liguei imediatamente para agradecer e aproveitei para perguntar se poderia utilizar as suas palavras na quarta capa, o que foi aceito sem restrições. Parte do texto do seu cartão (a que foi usada no livro) era:

> (...) De fato, você escolheu um tema palpitante, para dizer o mínimo, e tuas histórias estão muito bem narradas – despertam de imediato o interesse do leitor (e, em alguns casos, despertarão também certo escândalo). Não resta dúvida que você tem o estofo do ficcionista – e uma veia picaresca!

Imaginei: uma capa bem produzida, chamativa e provocadora, acrescida de uma quarta capa em que figurasse um texto assinado por um membro, e ilustre, (é bom frisar, pois nem todos o são, temos estranhos no ninho em seus quadros, de cirurgião plástico à cineasta) da Academia Brasileira de Letras, como era o caso, no mínimo levaria o hipotético leitor a não descartar de imediato o livro, poria assim alguma atenção nele, ainda mais se estivesse bem visível em alguma vistosa prateleira de livraria.

Restava saber em que livraria da cidade.

Desde o meu primeiro livro, abriu-se um canal de vendas na *Casa do Livro*, pertencente a um dos poucos livreiros da cidade que faz jus ao título que ostenta, o sr. Wilson Hargreaves. Homem à primeira vista sisudo, um leitor guloso e culto, um intelectual a vender livros (uma combinação deveras estranha e insólita em nosso país, eu diria mesmo quase incompatível), desses que conhecem em minúcias sobre literatura e seus autores e que é capaz de discorrer abundantemente e com propriedade a respeito de um determinado livro, a pedido de um cliente qualquer, que o consulta muitas vezes na mais absoluta e cândida ignorância.

Livraria tradicional, silenciosa, com cadeiras, mesas e sofás para a leitura ali mesmo da clientela, constituída principalmente pela velha-guarda, ressentida desse tipo de ambiente na cidade. Hargreaves está comumente pronto a dar informações, com um domínio admirável do seu acervo, composto do melhor da literatura brasileira e do mundo em geral, sempre resistindo aos modismos, aos best-sellers apelativos, aos manuais enganosos de auto-ajuda fabricados pela indústria cultural, desprovidos de qualquer substância literária e que infelizmente preponderam hoje nas vendagens de livros em nosso país (cerca de setenta e cinco por cento das vendas).

Preciso, porém, registrar, com amargura, que li recentemente no *Correio Braziliense* sobre a *Casa do Livro* na iminência de fechamento, provavelmente engolida pelas grandes redes de livrarias, cada vez mais presentes nas metrópoles e médias cidades brasileiras, e com as suas atrações paralelas, tais como vendas simultâneas de cd, dvd, eletrônicos, shows musicais, etc. Elas seguem o modelo norte-americano, com poder efetivo de barganha com as editoras, sem a intermediação dos distribuidores, permitindo, assim, a concessão de descontos maiores para os consumidores, numa concorrência desleal com as pequenas livrarias, o que poderia ser remediado com a instituição do preço único para os livros, ao menos por um tempo mínimo, dois anos talvez. Li ainda, com dor no coração, que o seu estoque estava em liquidação, "vamos, aproveitem, tudo com cinqüenta por cento de desconto, vamos zerar todo o estoque, o espaço precisa ser rapidamente evacuado para instalação de um Sex Shop..."

É importante deixar claro que não sou tão purista ao ponto de achar ruim a idéia de se misturar aos livros a venda de outros produtos. Em um país em que o ato da leitura é tão custoso, tudo que possa facilitá-lo, atrair as pessoas para o seu regaço é válido, não podemos ter muitas ilusões a esse respeito.

Que bom que os livros estejam nas bancas de jornais, ainda que rodeados e sofrendo a concorrência desleal de capas de revistas com bundas magníficas. Ótimo que estejam começando a invadir as prateleiras dos supermercados, ao lado de melancias, pepinos e sabão em pó. Assim como também não acho necessariamente ruim crianças e jovens lendo *Harry Potter, O Senhor dos Anéis, Nárnia, gibis,* etc. Melhor isso do que nada, pois o importante é ler, o ato da leitura, criar o hábito, a depuração vem com o tempo e com o livre arbítrio de cada um. Não vamos ser utópicos a ponto de pretender nossos jovens lendo em massa Tolstói, Proust, Machado de Assis. Até papel sujo no chão Cervantes lia. Moacyr Scliar disse em entrevista que o importante é ler qualquer coisa, seja Shakespeare ou a lista telefônica.

Tempos atrás foi Alan Viggiano quem sucumbiu, com a sua editora *André Quicé*, que publicou o meu segundo livro de poesias, A Solidão da Carne, um trabalho editorial de alto gabarito, com uma concepção gráfica refinada, em que se usou cinco tipos de papel, inclusive casca de cebola e coroa de abacaxi, numa edição limitada a quatrocentos exemplares, porquanto dispendiosa, dos quais guardo hoje apenas quinze exemplares.

A *André Quicé* tinha uma proposta muito interessante e avançada no sentido de qualificar a paisagem editorial da cidade. Por que quase todas as iniciativas artísticas sérias e bem-intencionadas são fadadas ao fracasso no Brasil? Por que os nossos produtores culturais não deslancham, não têm uma continuidade no que fazem de uma forma mais consistente? Por que na casa da cultura brasileira quase todos os cômodos estão ocupados por hóspedes passageiros, poucos são os moradores duradouros?

Quantos ainda resistirão? Bolsões de resistência aqui e acolá, *Café com Letras, Esquina da Palavra*... Abnegados trabalhando no vermelho, por amor à causa. Até quando?

Ainda sobre livrarias, tive, tempos atrás, uma experiência com a *Siciliano* que a princípio parecia alvissareira, ou seja, fui convidado a compor a estante do escritor brasiliense, composta só de autores radicados em Brasília, com os livros vendidos sob regime de consignação em todas as livrarias da rede!, o que significava penetração nos principais shoppings da cidade.

Mas, por outro lado, hoje avalio melhor essa coisa de "escritor brasiliense", "estante própria"... Por que isso? Acentua o estigma, aprofunda o fosso, a discriminação, como se escritor brasiliense pertencesse a algum gueto ou fosse alguma categoria literária como são o romance, a poesia, crônicas... Escritor brasiliense não é um ser à parte, um bicho raro para ser colocado em estante especial, destacado dos outros. Faz literatura como em qualquer outro lugar, os mesmos gêneros, bons e maus escritores, que devem, pois, serem dispostos junto aos seus pares de outros estados e de outros países, sem esse caráter regionalista. Literatura tem um valor estético intrínseco que independe de sua procedência, ela é anterior, como elemento de interação e propagação de idéias, à questão de sua origem, que passa a ser uma coisa secundária, vendo-se o humano pelo prisma universal. Goethe advogava uma literatura mundial em oposição à nacional. Sou mais modesto: me contento com uma nacional contraposta a uma regional.

E, além disso, o que define o termo "literatura brasiliense"? Escritor nascido em Brasília ou há muito tempo nela residindo, ou livros que abordam temas relacionados a Brasília, e aí então qualquer pessoa, morando em qualquer lugar, desde que escrevesse sobre Brasília, poderia ser enquadrada na categoria de escritor que faz literatura brasiliense? E nos casos em que há tramas ou fatos que acidentalmente ocorrem nos seus limites geográficos e se cita a cidade apenas como mera casualidade ou um elemento informativo a mais, também é literatura candanga? Como observamos, não há sentido em se manter esse conceito de feudo literário, bobo e estigmatizante.

A experiência, previsivelmente, fracassou na *Siciliano*, durou apenas poucos meses. Logo essa estante "tão especial" foi retirada e o assunto esquecido.

Ainda a propósito de "literatura brasiliense", fiquei sabendo que Nicolas Behr foi adotado como referência literária para estudos na escola de ensino médio Mackenzie, de Brasília. Irônico. Uma escola tão elitista adotando um poeta tão avesso à coisa burguesa... Dizem que escritor imposto na juventude é escritor renegado na maturidade. Não sei... Se o critério foi qualidade, tudo bem. Até porque Nicolas tem história na cidade. Mas se foi visando obedecer à reserva de mercado para literatura brasiliense, de acordo com a Lei Orgânica do DF, de 1991, mais precisamente no seu artigo 235, parágrafo segundo, que determina que o ensino da literatura local seja obrigatório nas escolas de Brasília, se foi isso mesmo, tenho minhas dúvidas acerca da validade da iniciativa. Não seria forçar muito a barra, provocar um convite para entrar na festa?

Deve-se ensinar é literatura de qualidade, qualquer que seja a sua procedência, sempre, em todas as escolas, públicas ou privadas, o que raramente acontece. E garantir, isso sim, o acesso dos escritores candangos nas escolas, para debates, palestras, divulgação dos seus livros, etc, possibilitando dessa forma aos estudantes conhecer escritores em carne e osso, desmistificando-os em certa medida. A partir daí, quem for competente que se estabeleça.

10

Contemplado pela verba do FAC, seguidos os trâmites burocráticos, meus próximos passos agora seriam direcionados à editora *Thesaurus* para a consecução da edição propriamente dita. Trata-se de uma pequena editora, se comparada a uma *Companhia das Letras*, mas tradicional em Brasília, em atividade há cerca de trinta anos e com mais de mil e quinhentos títulos publicados, cujo proprietário, o português de Arouca Victor Alegria, era e ainda é um personagem da cultura brasiliense dos mais conhecidos, dono também da famosa e saudosa *Livraria Encontro*, no Hotel Nacional, na década de setenta, e que funcionava as vinte e quatro horas do dia, uma espécie de "farmácia cultural e espiritual" em plantão permanente. Um homem idealista, enfim, cheio de planos para fomentar a cultura na capital do país. Uma dessas iniciativas, por sinal bem interessante, é o projeto **Livros na Rua**, livretos de bolso, destinados à distribuição maciça entre alunos da rede pública de ensino, a um custo bem barato, de grandes autores brasileiros e portugueses, tais como Castro Alves, Gonçalves Dias, Florbela Espanca, Fernando Pessoa, Antero de Quental, etc. Já foram mais de cinquenta títulos lançados desde 1998, quando o projeto teve início.

Victor Alegria é um homem inteligente, bem-intencionado, mas é um cavaleiro solitário em sua cruzada cultural. E tem um pensamento interessante a respeito da questão da fome e da difusão da cultura: "Já viu alguém dotado de conhecimento passar fome?" E ele tem razão, não há outra saída para pôr termo à pobreza, ainda que não de forma imediata, pois requer um certo tempo, a não ser pela educação. **Nada emancipa como a educação (Voltaire).**

Desde o começo da minha relação com Victor Alegria percebi que havia uma nítida divisão de funções em sua editora. A parte "filosófica" da coisa, a de relações-públicas, e mesmo a literária, de apreciação do conteúdo dos livros, ficava sob sua jurisdição. O filho, Tagore, gerenciava a execução propriamente dita dos projetos literários, coisas como a produção da capa, a diagramação e digitação, tipo de papel e das letras, número de páginas, detalhes práticos, embora o aspecto financeiro não saísse da responsabilidade do seu pai.

Meu tempo era escasso. Tive de por várias vezes marcar rápidas reuniões de execução do projeto **A Volúpia e as Algemas** durante o horário do almoço, com o Tagore, na própria *Thesaurus*. Minha preocupação maior era com a necessidade de encurtamento do número de páginas do livro, devido aos custos da edição não terem sido totalmente contemplados com verbas do FAC, o que me obrigaria ou a que eu complementasse do meu próprio bolso, ou diminuísse o tamanho da letra ou mesmo suprimisse um ou outro conto. Qualquer uma dessas hipóteses era desfavorável para mim e não estava nas minhas cogitações. Restava a opção de comer páginas preservando todos os contos e na medida do possível o tamanho das letras. Mas de que jeito?

Como cortar no próprio texto dos contos eu não aceitava, tínhamos que queimar gorduras em outras fontes, em áreas "menos nobres" do corpo literário.

E foi o que fizemos. Corta daqui, aperta de lá, o livro de cento e quarenta e quatro páginas do projeto original reduziu-se a cento e vinte e cinco. Tivemos que diminuir a letra também para corpo 11,5/13,7, o mínimo que eu admitia para que não comprometesse a leitura, não levasse os meus "inúmeros e fiéis leitores" ao cansaço visual.

Tamanho de letra era uma questão importante que eu não queria negligenciar. Havia tido uma experiência negativa com o livro anterior a esse respeito, o romance **Homem de Branco em Noite Escura**, editado no Rio de Janeiro e, portanto, sem uma supervisão constante minha, no que resultou em uma letra pequena, difícil de enxergar, e que certamente é motivo para que os não-aficcionados em literatura abandonem a leitura mal iniciada, ou nem mesmo comprem o livro, desestimulados pelas dimensões da letra. Pois tudo é motivação suficiente para que as pessoas desistam de ler em uma nação de tão poucos leitores.

É preciso fisgar os leitores com todas as armas e atrativos possíveis, dentro, é lógico, de uma mínima ética: tamanho e tipo da letra, número de páginas, cores e desenho da capa, o que está na contracapa, uma orelha aliciadora, com uma síntese elucidativa do conteúdo do livro, dados biográficos do autor na medida certa, acompanhados de uma foto bem apessoada e ao mesmo tempo capaz de passar um ar inteligente, uma aura de credibilidade ao que está escrito ali, um prefácio não tão extenso e nem tão obscuro, sem muitas literatices ou jargões acadêmicos que por vezes discorrem muito e sofisticadamente sobre o nada, ou nada sobre o muito que realmente interessa... Uma citação favorável de um autor respeitado sobre o seu trabalho, e principalmente fragmentos de comentários elogiosos de escritores famosos sobre obras anteriores do autor ou sobre o próprio autor, dispostos em forma de coluna, o que causa um efeito bem convincente.

Tudo isso são estratégias utilizadas para seduzir o possível leitor, julgando-se o livro como um produto igual a qualquer outro (o que na verdade ele não é), uma mercadoria que precisa ser vendida e para tal exposta com o melhor dos seus predicados.

Em países como Argentina, França, Suécia, as pessoas carregam livros nas mãos, sobretudo, como elementos alimentadores do intelecto, e desse alimento se abastecem nos mais diversos lugares, nas mais variadas situações, em filas de qualquer coisa, dentro dos metrôs, bancos dos parques, mesas de cafés e dos bares, etc.

Aqui, no Brasil, indivíduos que se propõem a ter essa atitude são rotulados como estranhos, desfocados da realidade, esquisitões, à margem dos outros, principalmente se estiverem sobraçando livrões antigos, mofados, amarelados, com a costura se despregando, marcador de seda vermelha, a capa preta, sem outros encantos que não o seu valor intelectual em si, que em última análise é o que realmente importa mesmo.

A propósito, no meu caso, por vezes me via (e ainda me vejo) como que fora do meu elemento, deslocado no tempo e no espaço, isolado ou excluído dos contextos em que interagia com os meus pares, com uma sensação de pouco pertencimento.

Explico melhor: por um lado, no meio médico era visto algo imprecisamente como intelectual, amante dos livros e das leituras, e não raro me sentia pouco à vontade para estar pisando esse território das letras junto a eles, colegas médicos, infelizmente hoje em dia cada vez mais distantes da figura antiga do doutor humanista, dotado de uma cultura ampla e diversificada. Se nem as faculdades conseguem mais formar médicos com boa cultura geral dentro da própria medicina, com esse viés de crescente especialização na profissão reinante hoje, o que se dirá de exigir conhecimentos fora do mundo das doenças...

Há um médico, também escritor, Daniel Mazza, de Ribeirão Preto, que se corresponde vez por outra comigo, inclusive pedindo opinião técnica sobre o seu livro (estarei já em um patamar de crítico para alguém?). Em uma das cartas, além de elogiar os meus contos, embora com algumas ressalvas, "têm a qualidade máxima da short story, que é prender o leitor", afirma que nos considera lunáticos, por fazermos literatura no Brasil e ao mesmo tempo medicina.

Por outro lado, no meio literário não era engajado em nenhum grupo de atuação cultural, não freqüentava com assiduidade tertúlias literárias, palestras, não escrevia artigos no jornal da ANE, não era membro de academias, não fazia parte de diretoria de nada (embora tempos atrás, tivesse, um tanto quanto atabalhoadamente, cedido meu nome para compor de última hora uma chapa para concorrer à direção da ANE, e que acabou derrotada, suscitando melindres em amigos componentes da outra chapa, a vencedora, com acusações de traição, etc). Não tinha tempo, e continuo sem ter, como médico atuante que sou, para nada disso.

Entretanto, a coisa que eu mais procurava preservar era marcar presença nos lançamentos literários dos colegas, até por motivo de gratidão, devido a estarem por sua vez presentes nos meus, que sempre foram afortunadamente muito concorridos. E mesmo quando eram de escritores desconhecidos ou de conhecidos que não iam aos meus eventos, eu ia da mesma forma, para forçar uma contrapartida deles em relação aos meus futuros lançamentos, constrangendo-os de certa forma a estarem presentes também. Usava essa tática de badalação no circuito literário principalmente nos meses próximos à publicação dos meus livros, para ficar mais incrustada na memória deles a minha presença, sinalizando que estava vivo e "na área".

Procurava chegar cedo aos lançamentos, por dois motivos: primeiro, para não pegar fila, poder assim marcar bem a minha presença na lembrança do autor, conversar alguns minutos com ele, tirar eventualmente alguma foto a pedido dos habituais fotógrafos free-lance doidos para mostrar serviço; segundo, porque normalmente não me demorava muito nessas noites de autógrafos, saía do trabalho e ia direto para lá, algumas vezes seguia dali mesmo rumo ao hospital para o plantão, em outras ocasiões estava esgotado do batidão do dia e queria o aconchego da casa e da família.

Para muitos escritores é mais fácil a convivência no ambiente literário, o existir socialmente enquanto literato, pois estão aposentados, portanto, em tese, com bastante tempo para fazerem tanto o papel de criadores como de "agitadores ou badaladores". Não é o meu caso.

Eu era e sou apenas alguém que escrevera alguns livros, sem muita repercussão, concordo, mas que guardava dos seus colegas escritores algum respeito, talvez pelo valor que se dá ao binômio médico-escritor, ou escritor-médico, e que precisava, para preservar a sua pequena importância, não se dissociar, sob pena de perda de identidade.

Aliás, ainda sob o binômio acima referido, tenho consciência de que sou um burguês, talvez, arrisco a dizer, mais esclarecido do que a média nacional. Sei que pertenço simultaneamente a duas elites neste país em que nasci e vivo: a econômica e a intelectual. Sem entrar no mérito da minha competência profissional em qualquer das duas áreas aqui abordadas, o simples fato de pertencer a duas academias, metaforicamente falando, de ser médico, um "doutor", e concomitantemente um escritor em uma nação em que poucos conseguem o canudo acadêmico e não se redige corretamente nem cartão de Natal, isso faz com que eu fique incluído no pequeno grupo dos contemplados pelo conhecimento e pela estabilidade financeira em meio a um povo que possui fome de tudo.

11

A Volúpia e as Algemas caminhava qual uma gestante que carrega no ventre um feto com características faciais gradualmente se definindo, olhos, boca, nariz se delineando, braços e pernas ganhando forma. Não foi, contudo, uma gestação das mais tranqüilas, principalmente quando se aproximou o momento do parto.

Havia comprado um caderno, espécie de livro-ata, e nele colocado todos os passos que deveria dar na publicação do livro, incluindo desde itens aparentemente menores, mas de grande importância prática, tais como local, mês, dia, horário do lançamento, ajudante de vendas, aparência física do autor no evento, até coisas maiores tais como relação de convidados, estratégia de marketing e divulgação no pré e pós-lançamento, além dos detalhes técnicos do livro propriamente dito, chegando a minúcias até de como ficaria a dedicatória, epígrafe, agradecimentos, ficha catalográfica, colofão, etc.

Um dos itens dizia respeito à escolha do local em que aconteceria a noite de autógrafos. A pergunta básica era: repeti-lo ou tentar um outro? Todos os meus lançamentos anteriores haviam sido no restaurante Carpe Diem, da 104 Sul, com vendagens sempre acima das expectativas para um neófito das letras. Não havia dúvidas de que o lugar escolhido contribuía para esse "fenômeno de vendas" (ainda que por um solitário e celebrado dia). E time que está ganhando não se mexe.

O Carpe Diem da 104 Sul é, há cerca de quinze anos, uma referência gastro-etílica-cultural consolidada na cidade. Reduto de jornalistas, principalmente nos seus primeiros anos de funcionamento, mas também de descasadas e mulheres solitárias balzaquianas ainda em busca de emoções fortes. Poderia dizer que quase semanalmente há lançamentos de livros em suas dependências, que dispõem de espaço suficiente para acomodar bem os convidados do autor. Embora não conte com estacionamento abundante nos arredores, está localizado em uma área nobre e de fácil acesso. Além do mais, por se tratar de um bar-restaurante muito badalado, há sempre a possibilidade do chopinho ou do petisco como um estímulo a mais e uma alternativa ao simples ato de se comprar um livro e ir embora.

Havia, contudo, outras opções, tais como as livrarias *Café com Letras e Esquina da Palavra,* de tamanho acanhado para acomodar os convidados, *FNAC e Cultura,* estas com gigantescas metragens, além dos espaços culturais mais formais, como a Biblioteca Demonstrativa da 506 Sul, o Instituto Histórico e Geográfico, a própria sede da Associação Nacional de Escritores. É preciso dizer sobre este último local, no entanto, mesmo correndo o risco de desagradar a alguns, que nunca achei uma sugestão interessante para lançamento de livros. Não tem o charme de um restaurante, é escuro, o estacionamento também não é bom, as instalações físicas são apertadas e quentes, além das vias de acesso serem um tanto ermas.

Uma vez, senti nitidamente a inviabilidade técnica do lugar, quando ao chegar para o lançamento do livro de um amigo, escritor antigo e premiado na cidade, deparei com a cena constrangedora de estar o evento entregue às moscas, com uns cinco gatos-pingados, um monte de livros empilhados na mesa à espera de compradores que não chegavam, e um ar de desapontamento no autor, que deveria ser a estrela da noite. Fiquei convencido, então, definitivamente, de que lançar livros na sede da ANE não era uma atitude muito sábia, tanto do ponto de vista comercial como social.

Escolhido o local, precisava agora me ater a outros detalhes, tais como mês, dia e horário do lançamento. Tudo deveria seguir uma estratégia minuciosamente planejada e pensada.

Em relação ao mês, pensei de cara em setembro. Época da seca em Brasília, em que as pessoas ficam incomodadas em suas casas pelo calor e saem para arejar, tomar alguma coisa, circular enfim. Período em que a secura do clima é contrabalançada pelo início do florescimento dos ipês, flamboyants e das sibipirunas, abundantes nas avenidas largas da cidade, a deixar os dendrólatras em festa.

Além do calor seco, tinha ao meu favor o fato de habitualmente em setembro ainda não estar chovendo na cidade, ao menos na sua primeira quinzena, o que sempre atua em benefício do anfitrião, pois ninguém gosta de ir a eventos sob chuva. Sendo assim, tinha que marcar para no máximo até o dia quinze de setembro. Ainda como ponto positivo na escolha do mês o fato de setembro não ser período de férias escolares. As pessoas estão, pois, na cidade, estudando, trabalhando, circulando nas "baladas".

Não deveria marcar próximo ao feriado do Sete de Setembro, por causa do risco de concorrer com uma evasão da cidade, mormente para Goiás e arredores, como é usual acontecer nos feriadões em Brasília. Sempre lancei os meus livros às quartas-feiras, no meio da semana, portanto, para não ter a possibilidade de se emendar os feriados. Não queria mudar o dia da semana (como vêem, convivem em mim, em aparente harmonia, as facetas transgressora e conservadora).

O Sete de Setembro caía em uma terça-feira, inviabilizando assim a quarta-feira, dia oito. Seria de bom alvitre, então, marcar para a quarta-feira seguinte, dia quinze. Era o limite.

Estava decidido. **A Volúpia e as Algemas**, o livro de contos que "iria sacudir a pasmaceira da literatura candanga, revolucionar as estruturas do conto até então escrito no Brasil, galgar patamares além-mar, cruzar oceanos e continentes, ganhar todos os prêmios possíveis no país, ser traduzido para vinte e sete idiomas, virar best-seller nas grandes metrópoles, vender setenta e oito mil exemplares só em Brasília, referência em todas as faculdades de Letras e obter resenhas altamente favoráveis na revista *Veja*", seria lançado no inesquecível dia 15/09/04, no Carpe Diem, da 104 Sul.

Faltava, ainda, definir a que horas eu começaria a autografar.

Nesse quesito resolvi mudar um pouco e antecipar em uma hora o horário do início do evento em relação aos lançamentos anteriores. Seria agora a partir das dezoito horas. Levei em consideração alguns aspectos. Primeiro, o fato de que acontecimentos culturais em nosso país tradicionalmente não constarem na agenda das atividades habituais das pessoas, ainda que Brasília, pelo seu expressivo índice de escolaridade, seja diferenciada nesse sentido (e em diversos outros, haja vista o seu alto índice de qualidade de vida).

Levando-se em conta, pois, que cultura é para muita gente mais uma questão de obrigação e compromisso do que de prazer, deduzi que um número considerável de pessoas, amigos meus e conhecidos, iriam querer cumprir essa maçada o mais rápido possível, liquidar logo o assunto, e adorariam a possibilidade de sair direto do trabalho para o Carpe Diem, realizar o dever de me prestigiar, dar o ar da graça, comprar o livro, nem que fosse para esquecer depois em alguma estante da casa.

E havia também os colegas médicos que iam para os plantões, em vários casos nos hospitais da periferia, com início das consultas às dezenove horas. Tanto num caso como no outro, às dezoito seria mais apropriado, gente que saía do trabalho, em grande parte funcionário público, nesse horário, e assim não teria que "matar" o tempo até às dezenove, ou então não precisaria ir para casa para depois seguir ao lançamento, o que seria temerário para mim, dada a possibilidade, nada desprezível, de ao chegarem em casa as pessoas desistirem de sair, atingidas por uma preguiça fatal, pouco estimuladas pelo caráter cultural do programa.

Pronto. Martelo batido. O horário seria às seis da tarde. Apenas teria que ter a preocupação de as pessoas não imaginarem o início tão cedo do acontecimento literário acarretar, por sua vez, um término igualmente cedo. Pois existia também a turma dos que só podiam chegar após as dez da noite, os que estudavam nas faculdades ou esticavam o expediente. Seria importante contemplar essa possibilidade e expressar no convite o horário de uma forma tal que não ensejasse dúvidas a esse respeito, sob pena de perder uma demanda importante. Tudo carecia ser pensado.

Então seria no Carpe Diem da 104 Sul, no dia 15/09/04, a partir das 18 horas.

Deveria de agora em diante focar especialmente no item "prazo", pois havia reservado local, escolhido mês, dia e hora, confeccionado os convites pela Thesaurus e tinha que obedecer ao prazo dado à Secretaria de Cultura do Distrito Federal para o lançamento do livro. Começaria, pois, uma corrida contra o tempo pontuada por situações de estresse constante, causadas pela possibilidade que se afigurava cada vez mais palpável de atraso na entrega da edição e de no dia combinado para o lançamento não ter o que se lançar.

Foram muitas as discussões com Tagore sobre tamanho da letra, tipo de papel, número de páginas. Tinha que pensar também na capa, no prefaciador, na quarta capa, no conteúdo das orelhas, na epígrafe, nos oferecimentos, agradecimentos, sumário, na separação entre os contos...

Preocupava-me, principalmente, a capa. Como fazê-la? Estava em busca de algo impactante, que dissesse bem do título, evocasse automaticamente a idéia simultânea de volúpia e algemas, de coisa presa, tolhida, mas ambicionando o prazer. Comecei a assuntar junto ao Tagore, que gostava de palpitar nessa área. Os primeiros desenhos não me empolgaram muito, faltava alguma coisa, não expressavam o meu objetivo primeiro. Passamos a pensar então em termos de fotos. Precisávamos buscar livros com fotos de nus artísticos. Achava que por aí eu alcançaria o que tinha em mente.

Tagore então disponibilizou um livro bastante interessante, cheio de imagens de mulheres nuas, em poses sensuais ou não, mas sempre com um certo capricho em sua produção. Não eram vulgares.

E um dos momentos em todo esse processo de produção do livro que mais acendeu em mim um flash de contentamento e deslumbramento foi quando bati o olho em uma foto que acabaria sendo utilizada na minha capa: uma mulher nua, aparentemente nova, os seios bem esculpidos à mostra, o corpo como que besuntado, a cabeça voltada para trás, retesando o pescoço, e o mais interessante, uma espécie de máscara porosa cobrindo o rosto, à maneira de uma meia bem ampla e elástica, os olhos fechados, os músculos faciais contraídos, aliás tudo nela ressumando tensão e couraça.

Imediatamente, vislumbrei ali um grande potencial para expressar exatamente o que eu queria, ou seja, dizer ao mesmo tempo da questão do voluptuoso e do proibido, das algemas dos mais diversos matizes que tolhem o livre pulsar de nossa sexualidade e sensualidade.

Uma foto que evocava concomitantemente dor e prazer, alguém tentando romper a casca de ovo freudiana, a couraça reichiana, a própria forma da cabeça se posicionar para trás lembrando como que um recém-nascido querendo sair do canal vaginal, e no caso do meu livro simbolizando uma ruptura com todas as amarras pessoais e sociais.

Era realmente um achado. Mas tinha que contactar a revista onde ela estava publicada, provavelmente haveria direitos autorais a serem pagos ao fotógrafo, um americano chamado Michel Hope Ryan. E foi o que fizemos. Comprei-a por setecentos e dez reais. Não saiu barato, mas valia a pena o custo, era um investimento estético compensador, a agregar charme ao livro.

O resultado final da capa ficou muito belo. E perturbador. Um fundo preto e sobre ele, em primeiro plano, a foto tão celebrada. Não agredia visualmente, não era apelativa, era ao seu modo erótica e angustiante, e nada tinha de pornográfica. Uma foto que não permitia a indiferença do olho sobre si, que junto com os contos formavam uma unidade temática, identificavam uma mesma mensagem, e sem dúvida dava um algo a mais em termos de despertar interesse pelo livro.

12

Resolvida a questão "capa", o próximo passo agora seria "prefácio".

Em todos os meus livros anteriores havia tido a felicidade de contar com o apoio de nomes de relevância na literatura brasiliense, tais como Anderson Braga Horta, José Hélder de Souza, Reinaldo Jardim, Danilo Gomes, Alan Viggiano, Cassiano Nunes. Estava pelo menos nessa área bem apadrinhado, embora pouco me fosse útil, no sentido de obter com isso penetração na mídia ou reforço nas vendas. Eram referências fortes, sim, mas que serviam mais à minha vaidade intelectual em termos práticos.

Lembrei-me então de um nome de peso da cultura e da imprensa de Brasília: o escritor e jornalista Márcio Cotrim. Por que ele em especial? Por dois motivos, basicamente: primeiro, por se tratar de um intelectual conceituado na cidade, cronista do principal jornal de Brasília, o *Correio Braziliense*, ex-secretário de Cultura do Distrito Federal, mais de dez livros publicados; segundo, de ordem mais pessoal, pelo fato de quando do lançamento do meu romance ter recebido um cartão seu muito simpático, fazendo-lhe ótimas referências, cuja leitura efetuara de um fôlego só, o que me deixou bastante lisonjeado.

Fiquei, então, encorajado por essa apreciação positiva e fui ao seu encontro com os meus originais para que avaliasse a possibilidade de, caso fosse do seu gosto, prefaciar a minha obra. Tinha um palpite de que seria do seu agrado, coincidia com o seu perfil expansivo (embora essa coisa de se pedir a um colega para ler e prefaciar um livro seu cria uma saia justa para quem se pediu, o constrangimento de negar ou dizer que não gostou faz com que muitos prefácios sejam feitos mais na base da camaradagem, e pouco de sincero exista em suas linhas capciosas).

Dias depois, por telefone obtive a confirmação da minha suposição: ele o faria com todo o prazer, pois havia gostado muito do livro. Se estava sendo absolutamente sincero, não sei, e nem queria tirar a prova dos nove, essas coisas o melhor é não fuçar. Interessava para mim era o prefácio escrito por ele. Mais um ponto resolvido.

E as orelhas? Uma delas seria ilustrada por uma foto minha e por um breve histórico pessoal e literário. A outra conteria mais um texto de um escritor sobre o livro, um resumo do seu conteúdo escrito de uma forma tal que estimulasse a quem o lesse a comprar um exemplar e ler os seus contos.

Pensei para isso em um nome que vinha se destacando já algum tempo nos meios literários da cidade, principalmente como crítico e ensaísta, embora fizesse também poesias e contos. Era o mineiro de Cataguases Ronaldo Cagiano, já citado páginas atrás, um dos poucos escritores da cidade da relação dos que eu convivo com uma faixa etária semelhante à minha. Brasília, reitero, passa para mim a impressão, talvez errônea, de fazer uma literatura velha, a necessitar de um sopro de renovação.

Ele topou a empreitada, não sei se, conforme já comentado, constrangido em me dizer não, ou porque gostara mesmo do meu trabalho, embora fazendo a ressalva de que meus contos talvez escandalizassem os colegas mais puritanos, muitos poderiam até fechar a cara para mim. Fico a imaginar os comentários à sorrelfa : "Mas quem diria que ele fosse assim, um sátiro!"

A vantagem de ser um escritor desconhecido é o descompromisso com os editores, os críticos e de certa forma com os leitores também, posto que inexistentes, e com isso ficar como Faulkner, quando escreveu o seu **O Som e a Fúria**, numa fase em que estava rejeitado pelas editoras e assim se viu à vontade, conforme dissera: **Agora posso escrever, agora posso simplesmente escrever.** Como que querendo dizer que o seu único compromisso era com a sua criatividade, com a sua veia literária, o resto que se danasse.

E o que se viu então foi a total e sedutora transgressão dos cânones literários da época, numa subversão dos conceitos de tempo, espaço, causalidade. Será que ele faria o mesmo texto revolucionário, se o seu livro anterior tivesse sido aceito pelas editoras e obtido boa repercussão?

Tenho uma teoria a respeito, já comentada um pouco por mim páginas atrás. Acho que os escritores bem-sucedidos ficam reféns do próprio êxito obtido.

Até que ponto um escritor que escreveu um grande livro, com ótima repercussão, não ficará a partir daí eternamente influenciado por esse sucesso, e todo o seu posterior processo criativo subjugado ao fato de que determinada fórmula deu certo e não se deve arriscar mais, correr riscos desnecessários que podem redundar em fracassos, e sendo assim todo o insight produtivo doravante contaminado pela vaidade intelectual?

Vejo, com pesar, um jovem escritor, muito badalado nos últimos tempos, Daniel Galera, afirmar que gostaria de voltar a escrever um livro independente. Infelizmente, meu caro, o seu caminho é sem volta. Agora que você já foi fisgado pela Companhia das Letras (sonho de consumo dos aspirantes à fama literária) e provou, pois, do doce veneno, um abraço. A sua alma já está irremediável e alucinadamente contaminada pelo vírus do sucesso.

Penso, utopicamente, que o ideal seria toda uma carreira literária ser construída no silêncio, longe das influências externas, no repouso das gavetas por anos. Anos a fio os livros sendo arquitetados e escritos, um após outro, um sem influenciar o outro, pelo menos do ponto de vista de fora para dentro (o oposto sim, e é até bom que assim ocorra, para que haja crescimento literário). Livros feitos sem divulgação, sem chegarem ao crivo severo dos críticos, dos editores exigentes e atentos aos seus gordos lucros, e sem atingirem também os possíveis leitores, ávidos pela confirmação de suas expectativas favoráveis, senão migrarão para outros autores, mais lineares e previsíveis.

E então, quando já tivesse um quantitativo de livros escritos suficiente para configurar uma carreira consolidada e com identidade, imune a influências externas nocivas ao ato literário puro, esse escritor poderia lançar os seus livros, todos de uma só vez, se o preferisse, e aí teríamos a literatura no seu estado mais autêntico, e nenhum deslumbramento, nenhuma necessidade comercial, ditada, portanto, de fora, iriam interferir no processo criativo, brotado do que houvesse de mais fundo na alma e no intelecto do criador. Embora houvesse também o outro lado da questão, ou seja, o que argumenta que uma crítica bem-feita e construtiva pode qualificar melhor um escritor ao longo do tempo, lapidá-lo, no caso de livros ruins escritos em início de carreira, desde que ele a aceite com sabedoria e humildade.

13

Cagiano fez uma boa orelha, sintetizando bem o conteúdo do livro e a proposta presente em todas as suas páginas. Estava, pois, bem servido de apresentações do livro. Tanto Márcio Cotrim como Ronaldo Cagiano constituíam quadros de destaque na cultura literária local (que era o que interessava para mim, no universo que queria atingir, pelo menos em um primeiro momento).

Na outra orelha coloquei uma foto minha, tirada na própria editora Thesaurus, e abaixo dela o meu currículo. Optei em incluir neste todas as referências e publicações dignas de registro, ou seja, os livros publicados, as inserções em antologias, citações em ensaios e dicionários (ficaram de fora, por acontecerem recentemente, as minhas participações nos livros **História da Literatura Brasiliense**, escrito por Luís Carlos Guimarães da Costa, e **Todas as Gerações, o conto brasiliense contemporâneo**, coletânea organizada por Ronaldo Cagiano e que entrei com um conto, **O Esperma e a Osteoporose**). Excluí apenas, e aí já seria vaidade demais (ou de menos) as desastrosas participações nos engodos literários já referidos.

Resolvidas as orelhas, parti para a dedicatória. Um item, embora doloroso e angustiante para mim, de fácil resolução. Dediquei o livro sem titubear ao meu falecido tio Maurício. Tínhamos muitas afinidades, ambos médicos e adeptos dos livros. Considerei inspirada e sugestiva a dedicatória lhe ofertada:

> Para Maurício Mota (*in memorian*), meu tio,
> amante dos livros, agora leitor voluptuoso
> das bibliotecas celestes.

Na parte dos "agradecimentos", fiz menção a dois colegas médicos a quem recorrera em breve consultoria sobre dois contos em que havia situações relacionadas a contextos médicos, e cujos conteúdos técnicos fugiam à minha especialização, eram dúvidas ligadas às áreas de neurologia e urologia. Dr. André Leite, neurologista, ajudou-me em esclarecimentos sobre a situação clínica de um dos personagens centrais do conto que dá título ao livro e que passa o tempo todo inconsciente, fruto de uma bala alojada em seu crânio. Tinha dúvidas da viabilidade técnica de tal situação, da forma como eu apresentava, principalmente na conclusão da história, e fiquei mais tranqüilo quando o André corrigiu apenas um ou outro ponto mal engendrado da narrativa, mas no geral estava bem exeqüível. Havia gostado não só do conto em si, que segundo ele prendeu a sua atenção, como do livro no seu todo. O outro conto era **O Jovem, as Velhas e o Sexo**. Neste caso, apelei para os conhecimentos urológicos do Dr. Jorge Cavendish sobre detalhes anatômicos, fisiológicos e patológicos envolvidos numa ação criminosa de tentativa de assassinato de um pênis por duas senhoras de idade, altamente profissionais nessa área.

Em ambas as situações desejava ser o mais naturalista possível, sem dar margem a exageros ficcionais, talvez por eu ser médico e tal fato inibir o livre curso das idéias. Queria que tanto no caso do psicopata em coma profundo e que estabelece da forma mais estranha e inusitada possível um relacionamento amoroso-sexual com um outro ser humano absolutamente discordante de sua figura, como no do bon vivant que sangra e urra feito um porco nos estertores do abate, perde toda a potência sexual após o ataque sanguinário a que foi submetido e acaba sendo cuidado justamente por quem ele se propunha cuidar e não ser cuidado (talvez no mais profundo do seu ser buscando justamente a figura materna, em que sexo perde espaço), queria, pois, nos dois contextos parecer o mais realista possível. Daí as consultas realizadas.

A epígrafe. O que deveria pôr, ilustrando bem o espírito do livro, de forma que a sua leitura levasse a uma idéia aproximada das intenções do autor?

Tive uma intuição, dessas que me vêm às vezes afortunadamente, de que acharia alguma coisa congruente com a essência dos contos no livro **Fragmentos de um Discurso Amoroso**, de Roland Barthes. Não havia lido nada ainda deste autor (e continuo até hoje sem ler). Folheei algumas páginas, avancei, recuei, me detive em alguns trechos, até que enfim achei. Era um texto sobre desejos, corpos, fetiches, seduções, atrações, encontros. Casava bem com o que havia nos meus contos, sobretudo com as narrativas maiores.

Era um texto lindo e que me deixou eufórico, tanto quanto no momento em que descobri a foto da capa. Um desses instantes "epifânicos", de orgasmo criativo, de iluminação do processo de elaboração de um livro, instantes em que nos reconciliamos com a função de criador e entramos em êxtase, sabedores de que se achou algo que realmente vale a pena insistir e que tem o condão de paralisar, ainda que provisoriamente, todas as percepções negativas envolvidas na prática de escritor terceiro-mundista.

O texto de Barthes que me caiu como uma luva, em fina sintonia com o espírito do livro, era o seguinte:

> Encontro em minha vida milhares de corpos; desses milhares, posso desejar algumas centenas; mas dessas centenas, amo apenas um. O outro de que estou enamorado me designa a especialidade de meu desejo. (...) Foram necessários muitos acasos, muitas coincidências surpreendentes (e talvez muitas pesquisas) para que eu encontrasse a Imagem que, entre mil, conviesse a meu desejo. Este é um grande enigma do qual jamais descobrirei a chave: por que desejo Fulano? Por que o desejo duravelmente, langorosamente? Seria acaso todo ele que desejo (uma silhueta, uma forma, um jeito)? Ou seria apenas um pedaço desse corpo? E, nesse caso, o que, nesse corpo amado, tem vocação de fetiche para mim? Que porção, talvez incrivelmente tênue, que acidente? A forma de uma unha, um dente um pouco partido obliquamente, uma mecha, um modo de separar os dedos falando, fumando? De todas essas dobras do corpo, tenho vontade de dizer que são adoráveis. Adorável quer dizer: isto é meu desejo, enquanto é único: "É isso! É exatamente isso (que eu amo)!"

Abaixo deste texto, coloquei uma pequena produção poética minha (coisa cada vez mais rara nos últimos tempos):

> Ainda que aqui a letra espúria
> a ti, não me sabe a angústia,
> se da leitura fonte de volúpia.

Ou seja, independente da pretensa imoralidade do texto, se há volúpia na sua leitura, é o que interessa para o seu criador.

O sumário ficara, naturalmente, por último para ser organizado.

Qual seria o conto inaugural do livro? E qual escolher para o seu desfecho? Optei em iniciar com **A Volúpia e as Algemas**. Queria algo chocante, que revelasse logo de cara a proposta do livro e a forma como a mesma seria mostrada nas páginas seguintes. Assim, ninguém compraria gato por lebre, não seria surpreendido com o teor das demais histórias.

Acentuei mais ainda essa idéia com as primeiras palavras do conto:

> Um pênis. Negro. Grande. Um descomunal e negro pênis.

O leitor poderia se escandalizar, abominar essa introdução, detestá-la, achar de mau gosto e pornográfica. O que quisesse. Só uma coisa, apesar de tudo isso, certamente não teria: indiferença.

O olhar, ainda que dissimulado, após o primeiro impacto, teima em voltar a ler o texto pecaminoso, idéias brotam na cabeça, imagens, sensações... E furtivamente a leitura prossegue, vai para o segundo parágrafo, o olho se dilata, alguma coisa evocada na mente remetendo a situações perdidas nos esconsos da memória... Qual Dona Henriqueta no conto **O Esperma e a Osteoporose** do meu livro, uma velhinha de princípios rígidos incomodada subitamente por pensamentos indecorosos...

Táticas para fisgar o leitor, armadilhas para capturar os desatentos nas tramas das histórias. Ou para afugentá-lo, pelo menos inicialmente.

E a seqüência dos contos, como se daria? Decidi colocar os mais curtos no miolo do livro, e mais para o fim voltei com outra história longa e de conteúdo pesado, **O Jovem, as Velhas e o Sexo**.

Para arrematar, o conto mais poético, o mais leve e esperançoso, **Cinqüenta**, que reconciliava o leitor com o seu lado romântico, a última frase do livro destoando radicalmente da primeira:

> Esmeralda fechou os olhos, tranqüila, de bem com a vida. Amava demais esse homem. E era amada.

Assim termina o livro. Os pudicos e sensíveis apaziguados com a sua leitura, como Esmeralda ficara. O autor, enfim, ainda tinha salvação. A Tradição, Família e Propriedade poderia respirar aliviada. Não seria ele um pervertido irrecuperável, e sabia também ser um defensor dos bons costumes, do velho e tradicional casamento, ainda que o fato de eu estar descrevendo uma noite de amor carnal entre dois velhos de setenta anos não deixasse de ter também o seu quinhão de transgressão, de subversão no que a princípio seria cândido e inocente.

Em nenhum momento da concepção desse meu livro de contos "atípicos" esperei adesão imediata a ele. Sexo sempre leva a um duplo movimento: atração e repulsa. **Folhas da Relva**, de Whitman, por tempos foi rejeitado e o seu autor malvisto pelo teor sexual de alguns dos seus poemas. Depois, veio a glória. Não estou dizendo com isso que virá a glória para mim também, mas saber que foi assim com ele, foi assim de certa maneira com Faulkner antes de o seu **O Som e a Fúria** explodir, com Dalton Trevisan, que chegou a vender somente treze exemplares de uma edição de um dos seus primeiros livros, e com vários outros, para mim já é um consolo e um conforto.

Corria contra o tempo para que no dia quinze de setembro tudo estivesse concluído e aprovado por mim, sem restrições. Meu livro estava sendo editado sob o signo do nervosismo e da pressa, como que prolongando a tensão que permeara a sua concepção propriamente dita. A velocidade atualmente qualifica todos os nossos atos. Os lerdos ficam para trás. Respiramos um tempo em que estamos quase sempre no piloto automático, descolados de nós mesmos. Não agimos como sujeitos de nossa história, que intervêm, alteram o rumo das coisas, e sim como objetos reféns do externo a nos sobrepujar. **Cumprimos tarefas, não temos mais território pessoal**, como disse o protagonista do livro do Cristóvão Tezza, **O Fotógafo**.

Flaubert levava às vezes seis meses em busca da palavra certa, e ficava a gritá-la pelas ruas, testando a sua ressonância, avaliando se era adequada ou não, em sua luta com as palavras, a luta mais vã, segundo Drummond. Mas eram outros tempos, e no que me concerne não podia me dar o direito do desfrute desse luxo, a partir do momento em que o FAC havia estipulado um prazo máximo para publicar o livro e prestar contas. Portanto, o garimpar da palavra mais exata obedecia a um certo limite. O que para mim acabou do ponto de vista prático sendo bom, no sentido de dar um termo a todo o processo, para que não corresse o risco de ele ficar infindável e sem objetividade, sempre mudando uma ou outra palavrinha que não soou bem.

A boneca já estava a contento, feitos enfim os últimos ajustes e sem mais revisões, definitivamente. Deveria me preocupar agora era com a relação de convidados, a distribuição dos convites e com a estratégia de divulgação da noite de autógrafos.

Lançamento de livro é talvez o momento mais oportuno para uma pessoa fazer um balanço, uma retrospectiva de sua trajetória enquanto ser comunitário que interage com outras pessoas e deixa rastro nelas. É quando ela percebe o quanto está ou não enredada na malha social e reflete sobre a sua importância e capacidade de repercutir no outro, de uma forma ou de outra. Testa a sua inteligência relacional. Pegamos a lista de todos os nossos convidados, que deve ser a mais ampla possível, com as mais diversas procedências, dado o caráter do evento, e dizemos: isto é todo o meu alcance social, aqui está contida a minha história, o que fui capaz de mobilizar e influenciar. Fora desse círculo de referências e de contatos em que posso gravitar sem estranhamentos, não consto, não interfiro, não vivo.

Tinha que irrigar bem com convites as minhas diversas "fazendas", ou seja, os grupos de pessoas com o mesmo perfil que deveriam ser convidados. Dividia os convivas em categorias específicas. Havia a dos médicos, a dos literatos e afins, a dos amigos diversos, colegas de trabalho, parentes, vizinhos, "conhecidos", e por fim a das instituições e dos órgãos de caráter cultural e médico. Um erro que cometi foi não ter dado especial atenção à turma dos médicos-escritores, que sei não serem tão poucos assim em Brasília.

O plano de ação envolvia o envio do convite, que constaria o texto de Scliar como um aval, um subsídio literário, e o reforço com a ligação telefônica personalizada para o maior número possível de pessoas convidadas.

O convite não poderia ser enviado nem com muita antecedência, para não correr o risco do esquecimento de comparecer, pela distância de tempo entre o seu recebimento e o dia efetivo em que se daria o evento, e nem em cima da hora, sob pena de não chegar em tempo hábil de prestigiá-lo. E rezar também para que não houvesse nenhuma greve dos Correios no caminho que dificultasse a sua postagem.

Para a área da Saúde subdividi nos que trabalhavam comigo diretamente no hospital, e os médicos avulsos, amigos e colegas que tinham tido contato comigo ao longo desses vinte anos de formado, além da própria turma com a qual me formei.

Fiz então uma lista com as subdivisões na área médica. Do hospital onde trabalho, tive acesso à relação de todos os médicos e fui verificando os nomes viáveis, os que eu tinha intimidade que me garantisse presença no evento, os que eu conhecia o suficiente para formular o convite com chances de comparecimento ou ao menos de se interessar em adquirir o livro posteriormente, os que achava pouco provável manifestar interesse e abertura e que ao receber o convite polidamente diriam: "Ah, legal, vou sim", por uma formalidade ou até mesmo por terem sido pegos de surpresa, sem tempo de se safarem com alguma desculpa esfarrapada. E havia aqueles que eu não me dava ou não convivia minimamente e em alguns casos até mesmo evitava maiores aproximações, nem ao nível de oferecer um simples convite.

Distribuí convites para o pessoal da enfermagem, para os demais profissionais de nível superior não-médicos (nutricionistas, assistentes sociais, farmacêuticos, dentistas, etc), e para os de nível médio que eram meus amigos ou que tinham bom relacionamento comigo. Alguns desses acabariam indo. Adotava a postura de convidar o máximo possível para que um mínimo desejável comparecesse, e isso até então estava se revelando funcional, visto que pessoas que eu não esperava que fossem, apareciam, enquanto outras que eu dava como presença certa, não iam. O ser humano não é um bicho linear, sempre surpreende.

Acontecia de pessoas humildes ficarem comovidas quando por mim convidadas. Algumas nem entendiam direito no que consistia a coisa, nunca haviam ido a nada desse gênero – "Que roupa usar? Vai ter comes e bebes? Música? Encontrar gente famosa e importante, que chique, será que devo ir, é coisa dos granfas, não é para o meu bico, terei que pagar alguma coisa? Levar o convite para poder entrar? É obrigatória a compra do livro? Ah, eu vou, vamos badalar, ver gente bonita e elegante, vamos mostrar a nossa importância, olhe, também fomos convidados, conhecemos o autor, tá pensando o quê?" – Ou então ficavam suficientemente contempladas com o simples fato de terem sido convidadas, cheias de si e orgulhosas, e algumas até reivindicavam o livro nos dias seguintes ao lançamento gratuitamente, em nome da "amizade".

Eu vislumbrava pela primeira vez a chance de ganhar algum dinheiro com literatura, porque em todos os outros lançamentos trabalhava no sentido de cobrir os gastos, mas sempre com resultado final gerando prejuízos, nunca dava para quitar todas as despesas somente com a venda dos livros, ainda que esta fosse significativa no lançamento, como comumente o era.

Mas desta vez, não. Havia uma grana "oficial", do FAC, que para muitos significa uma relação promíscua entre artista e Estado, aquela coisa de escritor chapa-branca. Como se houvesse muitas opções para a turma dos excluídos das editoras, do baixo clero das letras nacionais, como se em cada cidade deste país existissem inúmeras editoras bem aparelhadas e dispostas a publicar, bancando os custos, seus autores nativos e distribuir as suas produções Brasil afora, como se o "poderoso eixo" estivesse atento ao mapa geográfico, que sinaliza vinte e sete estados onde também há produção literária de qualidade que merece divulgação.

John Updike, renomado literato americano, acha, sobre as relações entre escritor e governo, que o intelectual deve trilhar um caminho autônomo, longe das instituições, para ter garantidos o seu poder de crítica e a sua independência. Concordo com ele, tudo muito bonito, idealista e filosófico. Lá.

Numa visão realista, da dependência econômica é difícil se esquivar. Agora, isso não significa dependência intelectual. Isso é outra coisa, e o dever do escritor é preservar a sua autonomia de idéias e expressão a qualquer custo.

Teria comigo novecentos exemplares, para dispor ao meu bel-prazer. Cem ficariam com o governo, e não fazia questão deles, achava muito pouco provável vender todos os outros novecentos ao ponto de não poder prescindir desses cem.

Desta vez teria lucro, com certeza. A questão era saber de quanto. Isso iria depender do volume de vendas, principalmente na noite de autógrafos. Precisaria armar uma estratégia de maximizar em termos comerciais essa oportunidade, não poderia desperdiçar, pois depois do lançamento o livro cairia, como das outras vezes caíra, no limbo do esquecimento, na solidão dos cantos esquecidos da casa do seu criador, entregue ao seu próprio destino, humilhado pela indiferença e pelo silêncio de todos.

Até poderia ter uma sobrevida nos primeiros dias pós-lançamento, ecoaria por algum tempo ainda, alguma repercussão subsistiria, amigos faltosos adquiririam no trabalho o livro, ou iriam na livraria em que ele estivesse de consignação, um pouco de propaganda boca-a-boca ajudaria nesse sentido.

Alguns dias apenas. Depois, aos poucos e cada vez mais intensamente, o esquecimento, passados os seus quinze minutos de êxtase, de fama. Um ou outro comentário esparso, "olha, gostei do teu livro", "interessante aquele último conto", até que as coisas se acomodam de um jeito em que ninguém mais se refere a ele. É decretada então a sua morte enquanto objeto físico, concreto, e também enquanto fonte abstrata de pensamentos. Poucos dos que prestigiaram o lançamento irão ler o livro, e se fica muito mais identificado como alguém que escreve livros e promove noites de autógrafos concorridas, do que propriamente como um pensador, veiculador de idéias detectadas através de um consumo efetivo do que foi oferecido.

Há, por outro lado, os que vão comprar o livro no lançamento sem nunca terem me visto antes, ficam sabendo pelo anúncio dos jornais, ou por alguma eventual entrevista minha ouvida no rádio, ou por convite de amigos comuns, ou até mesmo por estarem coincidentemente naquele momento dos autógrafos no restaurante, tomando alguma coisa, e se interessam pelo burburinho reinante, pela badalação que se forma envolvendo o livro e o seu autor, vêem a fila extensa e imaginam, "ali deve estar havendo o lançamento de algum livro interessante ou de um autor importante, a fila dos autógrafos está bastante grande", e acabam então entrando nela também e comprando um volume, nesse círculo vicioso que se gera.

Tinha também a turma dos "médicos avulsos" e dos colegas de faculdade, isto é, não trabalhavam comigo naquele momento, mas que de uma forma ou de outra já tinha convivido com eles, quer profissionalmente, quer por amizade antiga e consolidada nos tempos de estudante de medicina.

Havia colegas médicos que só revia nesses lançamentos, passava o resto do ano sem voltar a encontrá-los, por vezes até mais tempo do que isso, e muitos deles, por seu turno, só se reencontravam uns aos outros também nesses momentos, inclusive colegas de turma. Temia que julgassem que eu estava convidando-os apenas por interesse, para aquisição do livro. Noite de autógrafos é o tipo de encontro social em que os convites são livres e irrestritos, isto é, para o anfitrião interessa convidar o máximo possível de gente, principalmente se o acontecimento tem lugar em um restaurante em que a estrela da festa não necessita custear os comes e bebes, e não se paga ao dono do estabelecimento pelo uso do seu espaço, mesmo porque este tem a vantagem financeira compensatória da maior afluência de fregueses naquele dia, e, por conseguinte, maior consumo, ainda que boa parte compareça apenas focado no livro em si e não consuma nada, nem um simples refrigerante.

Fiz uma lista de todos os colegas médicos que conhecia ou havia tido algum tipo de contato e que eu não via semanalmente no trabalho. Revi a relação e cortei alguns nomes que me pareceram distantes demais e com chances de um convite meu soar estranho e inoportuno. Mesmo assim ela permanecia bastante encorpada.

Usei da seguinte estratégia: fui em busca dos telefones de contato de todos eles, e passei a ligar, a partir de duas semanas antes, diariamente, convidando para a noite de autógrafos e avisando que o convite formal chegaria brevemente pelos Correios na residência ou consultório, conforme o caso, se ainda não tivesse chegado.

Assim agia acreditando que um convite por telefone em que a pessoa ouve a voz do próprio protagonista da festa é mais eficaz, por ser mais caloroso, por prestigiar o convidado, alimentar o seu ego e a sua vaidade, por ser mais delicado e menos impessoal. Surtia mais efeito do que o envio pura e simplesmente de um convite frio pelos Correios.

"Escuta, quem tá falando aqui é o teu colega Valdir, pediatra, tudo bem? Tou te ligando porque vou lançar mais um livro, no dia quinze de setembro, no Carpe Diem da 104 Sul, e teria muito prazer se você pudesse ir".

"Ah, que legal, vou sim. Dia quinze, no Carpe Diem. A que horas mesmo?"

E assim ia o papo, às vezes evoluindo para troca de reminiscências, abordagem de assuntos médicos, que médico adora falar da profissão quando encontra outro médico, e dessa forma por vezes o assunto lançamento de livro/literatura, razão do telefonema, ficava em segundo plano.

Curioso como muitos confirmavam com tanta ênfase a presença e acabavam não indo. Raros eram os sinceros que diziam logo ao telefone: "Que pena! Não vai dar, você me desculpa, já tenho um compromisso inadiável agendado para esse dia. Fica para a próxima, muito obrigado". O comum era ouvir: "Com certeza estarei lá, pode contar com a minha presença".

De maneira que já um tanto escolado por esses diálogos telefônicos artificiais e pouco fidedignos, usava a tática de convidar dez para ir dois ou três no máximo, e não me iludia com a falsa aderência e empolgação pelo convite ao telefone.

Como a memória humana é falha, mormente nos dias de hoje, em que a cabeça tem que se ocupar com milhões de coisas ao mesmo tempo, mil compromissos, reforçava o convite verbal enviando pelos Correios o escrito, já próximo do dia em que se daria o acontecimento, para refrescar a lembrança e não se usar a desculpa manjada: "Ah, acabei esquecendo".

Muitos desses médicos "lembrados" me prestigiavam com a sua presença e depois sumiam, novamente voltavam à insignificância dos contatos comigo, perdia-se uma vez mais o elo retomado fugazmente, para quem sabe de novo ser reativado no próximo lançamento. Como se sentiriam? Gratos e envaidecidos por terem sido contemplados com o convite, ou "usados", um mero nome a mais para compor a matemática de livros vendidos pelo autor e ajudar a lotar o ambiente ? Sentia um certo desconforto com essa situação, mas procurava me consolar racionalizando que ficava verdadeiramente feliz quando revia colegas de há muito sumidos do meu convívio, principalmente colegas de turma da faculdade. Dessa vez procurara chamar o máximo possível deles, reunir o que eu pudesse, embora sabendo que a turma já estava dispersa, vários morando fora de Brasília, outros ainda residentes na cidade, mas arredios, afastados.

Até usei o pretexto de se começar a planejar a festa dos vinte anos de formado em 2006 para convidá-los à minha particular festa literária, seria como que uma oportunidade para agrupá-los usando um objetivo comum, mais sedutor do que o simples comparecimento a uma noite de autógrafos, ainda que de um colega de turma.

Na seção dos "amigos diversos" fui o mais eclético e "democrático" possível, e incluí também nessa categoria simples conhecidos, ao lado de amigos de longa data, de amizade já sacramentada. Era a lógica da contabilidade financeira comandando todo o processo... Alguns eu tinha certeza de que não iriam, até se espantavam com o convite e com o contato súbito, um tanto extemporâneo, como se dissessem: "Essa alma quer reza"; outros eu punha fé que comparecessem motivados pela delicadeza do convite, ou pelo inusitado de terem um amigo escritor repentinamente descoberto, "que chique!", pessoas que não se identificavam com temas literários e provavelmente não tinham o hábito da leitura entranhado nelas, e viam o lançamento de um livro fora do seu âmbito intelectual e cognitivo, mais interessadas que estavam no componente mundano da coisa.

Mas havia os que iam genuinamente interessados no fato cultural em si, e representavam a turma dos literatos propriamente ditos, dos jornalistas, professores, estudantes, artistas de uma maneira geral, além dos curiosos, autodidatas, simples consumidores de livros, no entanto pessoas inteligentes, bem articuladas, ligadas em agregar mais conhecimentos às suas vidas.

Tinha que ter um capricho todo especial para arregimentar essa gente mais instruída e antenada para o meu lançamento. Daria a este mais qualificação, mais status intelectual. Talvez até atraísse a atenção da mídia que eventualmente estivesse por lá, e algum destaque então poderia ser dado ao livro nos jornais nos dias subseqüentes.

Usei o artifício de chamar todos os componentes da Associação Nacional de Escritores (ANE), mais de cem, haja vista a mesma ter a sua sede em Brasília, onde residia a maior parte dessa turma. Convidei também todos os acadêmicos da Academia Brasiliense de Letras, membros do Instituto Histórico e Geográfico do Distrito Federal, do Instituto Nacional do Livro, da Secretaria da Cultura, além de escritores avulsos, que não pertenciam a nenhuma dessas instituições, peixes isolados no aquário, amizades e contatos que ia amealhando em minhas andanças.

Empreguei com o pessoal da ANE o mesmo ardil usado com os colegas médicos, ou seja, telefonar primeiro e concluir a coisa enviando o convite. Só que aqui a estranheza do contato em algumas situações era mais aguda, e isso ocorria quando eu não conhecia o colega escritor, o que não era tão raro assim, ao contrário da turma médica, em que ao menos um mínimo de contato prévio ocorrera na pior das hipóteses.

A natureza humana aprecia ser bajulada, cortejada. O esquecimento do outrem sobre si é uma das piores coisas para o ego de qualquer pessoa. Pois os contatos telefônicos para os escribas brasilienses tinham um efeito, ao menos ali, no momento da ligação, bem favorável, especialmente para os mais velhos, que se sentiam homenageados pelo fato de um escritor relativamente jovem estar se dispondo a um duplo esforço, telefônico e postal, objetivando contar com a presença deles no lançamento do seu livro.

Perguntavam detalhes, onde, quando, horas, o gênero do livro, o tema, alguns ficavam ouriçados quando eu falava que era sobre a sexualidade na terceira idade, outros, por pudor e recato, guardavam então um obsequioso silêncio por alguns segundos, como que avaliando a situação, ou um dizia: "Que gentil de sua parte, irei no mínimo só pela polidez e educação em me convidar de viva voz, coisa tão rara hoje em dia nos jovens, as boas maneiras..."

Chamei alguns jornalistas que conhecia, uns poucos artistas plásticos do meu círculo de amizades, professores de literatura, políticos com pendores literários, como Cristovam Buarque, José Sarney, Áureo de Melo, um cineasta candango de renome nacional (Wladimir Carvalho), amigos filósofos... Queria intelectuais, gente ligada à arte, o mais que pudesse deles para abrilhantar a minha noite de autógrafos.

14

O dia do parto do meu rebento literário se aproximava. Precisava intensificar, pois, o marketing. Então fui à luta, sozinho, que a editora que estava comigo não tinha pessoal e nem estrutura para isso, e na verdade estava mais preocupada era em conseguir imprimir um mínimo de livros que garantisse o meu lançamento em tempo hábil. Esta era a realidade editorial da capital do país. Tínhamos que nos render sem subterfúgios à constatação de que não havia em Brasília profissionais nesse ramo em condições de competir com as grandes editoras cariocas e paulistas. Contávamos no máximo com tipógrafos esforçados e bem-intencionados e com um ou outro editor preocupado com o aspecto cultural de sua atividade, como o Victor Alegria e o Navarro (da editora LGE). Éramos, meramente, no juízo crítico do premiado escritor gaúcho radicado em Brasília Lourenço Cazarré, uma subprovíncia editorial.

Consegui agendar uma entrevista na emissora de rádio **CBN** no dia do lançamento, às onze horas da manhã, no programa **CBN Brasília**, com o âncora André Giuste, que tinha a vantagem de ser escritor também, buscando como eu o seu espaço, e compreender assim as dificuldades de divulgação na mídia inerentes à literatura candanga.

Seria a minha terceira entrevista na emissora, sempre comentando livros que eu estava lançando. Não posso negar que era um espaço valioso a mim concedido, com grande repercussão, e que ajudava, ao menos teoricamente, a dar maior visibilidade à minha obra.

E foi uma entrevista descontraída, direcionada mais à questão do sexo ligado à terceira idade do que à coisa literária em si, visto que o programa era de variedades, não tinha um caráter só cultural. Exploraram o fato de eu ser médico, e até queriam a princípio colocar a matéria na seção de Saúde, eu é que objetei que não era um livro com conotação científica, e sim ficcional, que poderia eventualmente se prestar a debates acadêmicos.

A entrevista repercutiu bem, tanto que foi reproduzida no sábado, no mesmo horário e no mesmo programa, a pedido dos ouvintes.

Ainda dentro do segmento radiofônico, contactei a emissora do Senado, visando espaço no programa Autores e Livros, apresentado por Margarida Patriota aos domingos. Já havia participado desse programa, quando da edição do meu terceiro livro, **Homem de Branco em Noite Escura**, e concedi então uma entrevista cujo conteúdo foi de cunho mais literário, feita por uma escritora com boa projeção na cidade, como é o caso da Margarida.

Só que desta vez a receptividade ao meu pleito não foi das melhores. Alegaram que o fato de já ter sido entrevistado invalidava o meu retorno ao programa, que a idéia era sempre colocar no ar autores novos, ainda não entrevistados, mas farejei na recusa objeção velada ao tema do livro, um excesso de puritanismo, não sei se da parte da entrevistadora, que me parecia até então uma pessoa aberta, ou da direção da emissora. Seria o meu livro ferindo sensibilidades antes mesmo de ser lançado?... O máximo que consegui na Rádio Senado foi a inclusão de anúncios do lançamento dentro de sua programação diária.

Não me preocupei em divulgar nas outras emissoras. Não valeria a pena, seria perda de tempo. Com exceção da CBN, detentora de um público cativo ávido por notícias e informação, portanto de bom nível cultural e intelectual, nas outras FMs e AMs os ouvintes não estariam muito interessados em prestigiar noites, tardes ou madrugadas de autógrafos, estavam mais a fim era de ouvir música somente, e quase sempre de má qualidade, como sucede na maioria das grandes cidades brasileiras.

Televisão. Desta vez não me empenhei muito em angariar espaço na rede local. Há sempre os programas de variedades, com módulos reservados para entrevistas sobre shows e congêneres, mas não estava com saco para participar. Posso estar parecendo esnobe e elitista ao dizer isso, mas não achei que compensasse, me sentiria como um peixe fora d'água no contexto geral desses programas. Até imagino que uma das emissoras deva ter ficado aborrecida comigo, pois concedeu espaço em um horário de sua grade de programação com óbvia característica sensacionalista, que foi naturalmente descartado sem hesitação por mim. Seria no mínimo cômico me ver inserido para falar do meu livro, com ares compenetrados, no meio de matérias de forte apelo populista e demagógico, em que pessoas humildes e de boa-fé são ludibriadas e usadas por apresentadores espertalhões.

A única emissora que valeria a pena tentar um contato efetivo seria a portentosa *Globo*, pela intensa penetração que possuía, pela capilaridade incontestável que detinha no seio das famílias brasileiras. Mas nada obtive de concreto, o que não causou nenhum assombro em se tratando de *Rede Globo*.

No que diz respeito a jornais, já sabia das dificuldades que teria e onde seriam mais pronunciadas. Brasília conta com um jornal de grande circulação que é o *Correio Braziliense*, o mais tradicional e importante da cidade, e que adota sempre uma atitude distante e desdenhosa da produção literária local e de seus autores por tabela. Raro, muito raro, haver uma resenha crítica sobre algum livro de autor candango. Como se a cultura literária da capital do país fosse algo menor, não merecesse ser abordada ou até mesmo esmiuçada por seus pomposos e inacessíveis redatores do *Caderno Dois*.

Nem contando com o aval do Márcio Cotrim, prefaciador do livro e cronista conceituado do jornal há muito tempo, consegui mais do que uma chamada para o lançamento, no alto da página da programação de cinema. Bem, ao menos puseram a foto do livro junto a um pequeno texto convocando para o evento.

Deixei o livro aos cuidados do Sérgio de Sá, jornalista ligado à literatura e que todos os sábados era responsável por uma página no suplemento literário do jornal, por sinal de bom nível, tirante no que concerne aos textos do aborrecido e "hermético" João Gilberto Noll. Assim como quando do lançamento do meu romance em 2000, Sérgio de Sá recebeu o volume de contos e silenciou. Não me deu retorno em nível pessoal, muito menos no espaço que então detinha no jornal, hoje ocupado por Paulo Peniago (será também inabordável como o seu antecessor?). Nem mesmo para simplesmente anunciar a noite de autógrafos. Terá lido e achado tão ruim a minha obra que não merecia na sua ótica uma linha sequer de referência? Até desconfio que o mais provável era não ter lido absolutamente nada, nem em relação ao romance, nem aos contos, contaminado irremediavelmente por uma visão negativista da literatura produzida em Brasília, decerto a pensar: "Bobagem me ocupar com isso, há coisa mais importante para ler..."

Esporadicamente, acontece de sair matérias como a que li neste ano no *Correio Braziliense*, com muita surpresa, ocupando espaço nobre do jornal, sobre dois desconhecidos poetas de Brasília, Alexandre Pilati e Aldo Pereira Neto, com direito ao requinte de uma entrevista para cada um e fotos! Estarão os tempos mudando ou foi apenas uma aparição fantasmagórica, isolada no tempo e no espaço, uma concessão espasmódica ao cânone literário local?

No *Jornal de Brasília* a coisa fluiu muito melhor. O jornalista que me atendeu, Robson, teve uma outra postura, bem mais aberta e receptiva. Fez uma pequena entrevista comigo, interessou-se pelo livro, o seu tema, e prometeu que iria lê-lo e fazer uma matéria a respeito antes do lançamento. E ainda me solicitou ajuda como consultor informal do jornal em matérias médicas eventualmente.

Outros jornais da cidade não me interessaram. Nem mesmo o *Jornal da Comunidade,* de distribuição gratuita nos apartamentos e casas do Plano Piloto e que poderia fazer uma matéria sobre o meu livro com um enfoque geriátrico.

Importava mais para mim a literatura em si, a sua engenharia, o estilo, a forma, a técnica, a lingüística, o arrebatamento estético do leitor. O grande escritor é aquele que consegue conquistar a adesão do leitor ao seu trabalho ainda que escrevendo sobre temas menores.

Não queria, pois, o meu livro analisado mais pelo aspecto médico-geriátrico. Por isso não direcionei a minha entrevista na CBN para a seção de Saúde e nem procurei contato com o *Jornal da Comunidade.* Não desejava meu texto visto pelo ângulo de uma suposta seriedade científica e nem pelo seu oposto, ou seja, pelo exótico, pitoresco ou folclórico. E menos ainda por uma conotação totalmente equivocada de auto-ajuda, do tipo: "Estímulo aos velhinhos e velhinhas para praticarem sexo ou coisa parecida."

Os contos eram pura ficção, o tema podia ser quase que o mesmo em todos eles, mas os personagens e situações, não. Interessava a mim, naturalmente, o anúncio nos jornais para a noite de autógrafos, alguns comentários superficiais sobre o livro e o autor, aquela coisa de médico-escritor, como é que funcionava, como conciliar, a tensão entre essas áreas, a influência de uma sobre a outra, etc. Mas o objetivo maior era a análise acurada, de quem realmente lera o livro com olhar crítico e fizera então a resenha com propriedade, não importando se favorável ou não. Coisas do tipo: "Gostei do teu livro, legal" ou: "Que livro pornográfico!", para mim eram avaliações rasteiras e estereotipadas, que nada acrescentavam.

Simultâneo a esse trabalho de propaganda, tinha que me preocupar com outros detalhes, pequenos na aparência, mas importantes no contexto geral do lançamento de um livro. Coisas como o preço a se cobrar por exemplar, dispor de um ajudante de vendas, possibilidade de vender também concomitantemente os outros títulos escritos por mim, etc.

Acertei com um funcionário da Thesaurus, o sr. Pires, um português baixinho, bastante simpático, para que fosse o vendedor dos livros na esperada noite do dia quinze. Era um sujeito experimentado nesse tipo de coisa, de confiança e muito bem recomendado pelo pessoal da editora.

Em relação ao valor de cada exemplar, hesitei entre vinte e dois e vinte e cinco reais. Pela qualidade gráfica, pela beleza da capa, e até mesmo pelo investimento intelectual empregado por mim na elaboração dos textos, optei por vinte e cinco, e se levando em conta também que quem vai a um acontecimento como esse, vai imbuído do pensamento de comprar o livro, e não serão três reais a mais que farão esse eventual comprador desistir do seu intento, mormente se ele conhecer o autor, como é a norma, ao menos em Brasília, onde os escritores não são estrelas afamadas e não mobilizam sobre si o interesse da população de uma maneira geral. Para o consumidor não faz diferença substancial, mas para o escritor faz, se formos pensar no acúmulo desses três reais multiplicados pelo número de compradores do produto. É diferente de alguém que vai a uma livraria e tem à sua disposição um monte de livros com os preços mais variados, ou que passa casualmente por uma vitrine cheia de títulos sugestivos e resolve entrar, quem sabe não compra alguma coisa. No meu caso, o objetivo era muito determinado por parte de quem me prestigiasse.

Decidi também pôr os outros livros que publicara anteriormente à venda, junto com os contos. Venderia, obviamente, por um preço bem mais em conta. Aqui, não visava vantagens financeiras. A idéia era dar um sentido de conjunto da obra, qualificar o meu referenciamento literário, principalmente para os que estavam sendo apresentados ao meu lado-escritor, ou mesmo para quem não tivesse ido a todos os meus outros lançamentos e desconhecesse um ou outro livro.

O tempo estava se escoando, a minha tensão recrudescia. Escutava rumores de colegas escritores de que eu corria o risco de ter a minha edição apenas parcialmente pronta no dia do lançamento, e assim mesmo em cima da hora. Soube de um caso em que sucedera da edição chegar no local do lançamento somente minutos antes do horário estipulado para o seu início. Isso me preocupava sobremaneira e me levava a estar sempre em contato com o Tagore.

E o pior é que tinha que me dividir entre as minhas atividades profissionais, que transcorriam normalmente (não pedira férias nem licença nesse período), e tudo que envolvesse a edição, divulgação e lançamento de um livro. Estava praticamente só nessa empreitada. Não contava com ninguém na editora me dando suporte na área de divulgação e marketing e desta vez não contratara um assessor para trabalhar nesse sentido, como ocorrera quando do lançamento do romance, ocasião em que Heitor Humberto de Andrade me auxiliara abrindo alguns canais na mídia que acabaram sendo importantes para jogar um pouco de holofote no meu trabalho.

Sacrificava, pois, não raramente, o meu almoço, para ir na *Thesaurus* tratar com Tagore de vários detalhes técnicos. Tudo para mim era importante, cada item era observado com cuidado, até mesmo o que iria escrito no colofão, o significado da expressão LAVS DEO, a questão de se colocar ou não o meu endereço, telefones e e-mail para contatos com eventuais leitores interessados, como havia feito das vezes anteriores. Tagore não achava conveniente, daria um ar paroquial e provinciano ao livro. Concordei com ele, seria como que o médico permitir acesso dos seus clientes a sua casa, mas por outro lado me fascinava a possibilidade de fazer contato com o outro desconhecido, o leitor sem rosto, uma alma absolutamente estranha para mim e que faz uma aproximação comigo motivada por algo que tocou e aguçou a sua sensibilidade, mobilizou as suas entranhas psíquicas profundas, mexeu com as suas convicções e os seus fantasmas mais recônditos. Essa intimidade com o leitor, essa troca de vivências, esse descer do pedestal arrogante e ilusório me interessavam extremamente.

Então acabei optando por um meio-termo. Permaneceria o endereço, porém colocado de uma forma mais discreta desta vez, abaixo da ficha catalográfica, e não mais em seqüência ao meu currículo, em uma das orelhas do livro, "devassando a minha privacidade", como das vezes passadas.

Afinal, eu não era nenhum Rubem Fonseca, Luís Fernando Veríssimo ou Dalton Trevisan, escritores consagrados e arredios e que se fechavam em copas, pretendendo o máximo de isolamento, para preservar o sossego, como se o fato de colocar o número do meu telefone e e-mail no livro significasse linha ocupada em minha casa o tempo todo ou congestionamento no meu correio eletrônico. Vã ilusão...

E havia diversos outros detalhes, tais como concepção da capa, tamanhos e formatos das letras que estariam nela, a cor de fundo, a plastificação, a costura e tipo de papel usado na capa e no miolo, o que estaria no alto das páginas, como seria a numeração, folha de rosto, falsa folha de rosto, o sumário... Tudo tinha que ser checado, analisado, discutido. Faltava-me tempo e o dia estava chegando...

15

Tagore, quatro dias antes do lançamento, mais precisamente em um sábado, foi a minha casa com dez volumes de **A Volúpia e as Algemas**. Deu-se então o meu primeiro contato físico com o livro, o primeiro olhar do criador sobre a sua criatura enfim nascida.

Um autor, quando vê o seu livro totalmente formatado, concluído do ponto de vista físico, material, em condições de ganhar as ruas, bater pernas por aí, sair finalmente do seu controle e ganhar asas independentes, é tomado por um arrebatamento, uma emoção ao mesmo tempo boa e ruim. Agora se está exposto à visitação pública, à avaliação de terceiros, sujeito ao veredicto alheio, à sentença condenatória ou não. Não tem mais volta. Entregue ao mundo.

Manuseei o livro pela primeira vez como se estivesse recebendo nas mãos o próprio filho mal saído da barriga da mãe. A capa do livro particularmente me impressionou muito, e logo percebi potencial nela para fisgar a atenção das pessoas. Uma sensação de orgulho e de receio ao mesmo tempo me assolou. O que irão dizer os outros? E conjecturava isso pensando não no público leitor indiferenciado, o olho anônimo, e sim no próprio meio em que eu convivia, porque seria onde teria maior repercussão do livro, mais chances de alguém ler e se espantar com o teor das narrativas contidas nele, e eu ficar sabendo e ser comunicado desse espanto muitas vezes pelo próprio leitor incomodado.

Porém, me preocupava o fato de se estar às vésperas do lançamento e os meus mil exemplares não estarem comigo. E não me atrevia a pensar no pior. Seria o fim da linha. Dois dias antes tivera uma discussão um pouco áspera ao telefone com o Tagore justamente sobre essa possibilidade, que coincidiu de ser no mesmo dia em que o seu pai me ligara, cheio de melindres, externando a sua preocupação com o teor dos contos, segundo ele dificilmente o FAC colocaria meu livro nas bibliotecas das escolas públicas, e até mesmo proferir as palestras acordadas como contrapartida exigida no contrato assinado entre as partes seria complicado; além disso, ele estava também aflito com o risco de a minha obra expor o próprio FAC, membros conservadores representantes do governo na Secretaria e da sociedade de uma maneira geral poderiam atacar essa iniciativa cultural tão meritória e que estaria agora, com o meu livro, correndo riscos...

Isso me chateou, não era coisa para se dizer a quem estava prestes a publicar a sua obra. Soou no mínimo inoportuno, principalmente vindo de alguém em que não combinava esse tipo de pruridos editoriais, de alguém que fora o primeiro a publicar Bocage no Brasil anos atrás, que fora preso e torturado pela ditadura militar brasileira em 1968 por editar **Os Diários de Che Guevara**, como era o caso do Victor Alegria. Ora, que se danasse nessa altura do campeonato todo e qualquer escrúpulo em relação a quem pudesse se incomodar com o meu livro, pois ele fora concebido mesmo para inquietar, instigar, tentar mexer com o que estivesse de mais absconso nas pessoas. Agora, Inês já era morta.

Chegara o dia 15/09/04, e eu não tinha em mãos pela manhã mais do que vinte exemplares do livro. Isso refletia o amadorismo com que se tratava a questão editorial na capital da República. Somente no início da tarde fiquei um pouco mais aliviado com a chegada a minha casa de um lote de duzentos exemplares. Era mais do que suficiente para a noite de autógrafos, pois tinha a consciência de que não venderia esse tanto em uma só noite. Porém, como chegara à minha residência quase na hora de eu ir para o Carpe Diem, não tivera tempo de conferir nem a quantidade nem a qualidade gráfica do lote. O jeito era correr o risco de vender os livros com defeitos, falhas de costuras, na encadernação, numeração. Fazer o quê? Estava tentando produzir cultura em um país que elegera há séculos outras prioridades, e eu tinha que me submeter a esses constrangimentos.

Fora um dia muito agitado, com entrevista na CBN, matéria sobre o livro no *Jornal de Brasília* (que por sinal achei bastante positiva e estimulante), com nota, ainda que discreta, no *Correio Braziliense*, etc. Essa agitação foi benéfica para mim na proporção em que não me deu tempo para refletir sobre o sentido do que eu estava fazendo, de sua validade, se não seria pura perda de tempo, uma aventura inconsequente de um sonhador sem conserto. Obedecia a que propósito? Veleidade literária? Inquietação existencial? Desafio pessoal? Possibilidade de ganhos financeiros? Ou um pervertido, um edipiano mal-resolvido querendo uma cura para os seus problemas remotos com a mãe?

Pensava nisso tudo enquanto tomava o meu banho e colocava o terno e a camisa italiana comprados especialmente para a ocasião dois dias antes. Aliás, fazia parte do planejamento estratégico traçado para a edição e o lançamento do livro a questão da aparência. Era um dos itens a ser observado. Queria me apresentar bem no dia, estar elegantemente vestido, mais magro (intensificara a ginástica nos quinze dias anteriores), com os cabelos nem muito curtos nem abundantes. E para isso planejara o corte também cerca de quinze dias antes. As unhas, por sua vez, não poderiam estar descuidadas, ainda mais que seriam avaliadas com freqüência enquanto autografasse, com uma Mont Blanc naturalmente, pois uma simples Bic pegaria mal. Caprichos estéticos...

E enquanto fazia a barba, removida com toda a perícia possível, sem deixar o menor resquício de cortes ou sangramentos para que ficasse impecável, rememorei as variações dos textos dos autógrafos estudadas dias atrás, adaptando de acordo com a pessoa que estivesse recebendo o autógrafo, a circunstância que a envolvesse em relação a mim, procurando finalizar com coisas do tipo: "Com a admiração e a estima", ou: "Com a homenagem e o abraço" (afetuoso, para os mais chegados), sempre na falsa folha de rosto.

Finalizei a barba, me borrifei com a colônia usada apenas em ocasiões especiais, e caprichei na higiene bucal. Antes de sair, fui ao escritório pegar o livro-ata onde ficariam registradas as pessoas que comparecessem, com nome completo, telefone e e-mail, para compor um banco de dados, quem sabe de alguma utilidade doravante. Detalhes, minúcias...

No percurso para o Carpe Diem, trafegando pelo Eixão, enquanto apreciava o seu belo arvoredo (Brasília em setembro fica linda verticalmente, com os seus frondosos e coloridos ipês, e feia horizontalmente, com a sua grama esturricada, de verde desbotado), fui pensando no fotógrafo, no receio de que ele me deixasse na mão, se bem que eu havia me garantido com outra opção, para o caso de uma zebra. Além do que, sempre havia a turma do próprio restaurante, figurinhas manjadas dos lançamentos no local. Ficavam ciscando, mesmo sem serem contratados previamente, em torno da mesa do autor, oferecendo os seus serviços.

Por pouco não bati em um carro, enquanto especulava sobre esses aspectos comuns a todo lançamento de livro. E passei a divagar então em cima da possibilidade mesmo de um acidente, pondo em risco os meus duzentos exemplares cuidadosamente colocados no porta-mala. Um acidente em que esses livros voariam do carro, espatifados, rasgados, descosturados, queimados, literalmente desconstruídos... A morte da literatura decretada fisicamente, no asfalto do Eixão...

O livro então seria notícia, teria encontrado enfim o seu espaço de divulgação na mídia, embora da maneira mais trágica. Chamaria atenção sobre si, e os oitocentos volumes remanescentes, ainda sob processo de impressão na gráfica, ganhariam uma projeção inesperada.

Uma amiga minha, que também escreve, a Maria da Glória Barbosa, ao saber desse meu quase-acidente no Eixão e dos e-mails do Teobaldo Aguiar, deu asas à sua fértil imaginação e propôs um outro destino para esse episódio, mais contundente para mim, porém a longo prazo mais auspicioso para **A Volúpia e as Algemas**. Resolvi incorporar o seu texto a este livro como peça literária autônoma, a se constituir esteticamente por si mesma:

> Quanto à relação entre o quarto e o quinto livro, eu penso em uma forma de tornar o personagem do quinto livro em uma figura mais "burlesca". E como tenho um pendor para a fantasia, lembrando do momento em que você quase bate o carro (no quinto livro), eu concebo um desfecho, no qual o personagem realmente bate o carro: "O Presidente do GECE, porém, e infelizmente, não conseguiu chegar a sua noite de autógrafos naquele fatídico dia, colhido que foi seu frágil automóvel por uma potente pick-up, em frente ao "Lar dos Velhinhos São Francisco de Pádua", fato bastante esplendoroso na monótona vida dos anciãos ali internados. Estes foram para o local, misturando-se à parafernália ali instalada, e, enquanto nosso herói era transportado, com a perna quebrada, ao hospital mais próximo, aproveitaram para recolher alguns livros espalhados pelo asfalto (será que a vítima era dono de livraria?). Cinqüenta anos depois, verificou-se que muitos dos vovôs daquela instituição de caridade mantinham uma invejável saúde, recusando-se a morrer. Investigadas as causas de tão boa-aventurança, encontraram, em vários quartos, exemplares de um livro desconhecido, chamado — A Volúpia e as Algemas. Lido o seu conteúdo, descobriu-se que se tratava de um incentivo ao sexo na terceira idade. Ao que parece, a sugestão foi seguida pelas velhinhas e velhinhos do São

Francisco de Pádua, daí a sua longevidade. O fato foi parar na mídia, que desencadeou uma série de ações para descobrir por onde andava o autor de semelhante obra-prima. Esforço que revelou seu óbito na década anterior àquela. Inconformados, os meios de comunicação de todo o país deram um imenso espaço ao livro e ao autor, que enfim alcançou a tão desejada glória, tornando-se imortal.

Estaciono em frente ao Carpe Diem. Faltam cinco minutos para as seis da tarde. O guardador de carros se aproxima e lhe digo para ficar "esperto", pois hoje ele vai ter muito trabalho, bastante carro para olhar. Estava apostando que teria boa vendagem do livro, até mais do que das vezes anteriores, quando conseguia atingir de cento e vinte a cento e trinta exemplares por noite de autógrafos, uma marca expressiva para um autor nas minhas condições.

Desta vez contava, embora de pouca aplicabilidade em um contexto pós-lançamento, com o fato de eu estar mais experiente, mais manjado na praça, com o meu quinhão, ainda que bem modesto, do mercado leitor, se não digo conquistado, pelo menos interessado em meu nome enquanto escritor, mesmo que composto em grande parte pelo círculo de pessoas que conviviam comigo, ou que haviam cruzado, de uma forma ou de outra, o meu destino, a minha história de vida. Cada um lutando com as armas disponíveis, com o universo de alcance possível. E, além disso, tinha feito uma maciça divulgação do livro, um trabalho de formiguinha, de muita paciência ao telefone principalmente.

16

Entrei no restaurante, cumprimentei os garçons, alguns inclusive já me conheciam dos outros lançamentos e sabiam da minha fama de bom vendedor de livros nessas ocasiões, o que significava maior movimento na casa, lucro aumentado e mais dez por cento no bolso.

Havia combinado com a gerência que no final da noite jantaria por conta da casa com a minha esposa, como ocorrera das vezes anteriores, e que por volta das sete da noite seriam servidas, também sem custos para mim, oito garrafas de vinho, embora de qualidade duvidosa. Tentei ainda um coquetel "básico" acompanhando esse vinho igualmente básico, sem sucesso. E aqui até entendo, pois não iriam querer uma concorrência com eles próprios, não era naturalmente do interesse deles que as pessoas consumissem comes e bebes de graça, podendo pagar ali mesmo, nas dependências do bar-restaurante repleto de opções etílicas e gastronômicas.

O seu Pires já estava a postos, quando cheguei, organizando a mesa onde os livros ficariam expostos para venda, e picotando papel para formar as tradicionais tiras que costumam ir dentro dos livros com o nome do comprador para ser feito o autógrafo, medida salvadora para os casos dos desconhecidos, que não sabemos obviamente o nome, mas principalmente para quando somos acometidos de uma amnésia súbita ante aquele rosto familiar à nossa frente e que esboça um sorriso amarelo diante da percepção da indecisão do outro, deixando um ranço de frustração e de ressentimento muitas vezes duradouro na alma de quem estava ali nos prestigiando.

Um dos fotógrafos que eu solicitara presença já rondava a área, pronto para dar os primeiros flashes. A noite estava abafada, fazia calor, de certa forma bom para tirar as pessoas de casa em direção aos bares e restaurantes, a grande fauna humana em busca dos prazeres noturnos, **o ser humano é estômago e sexo.**

Tomei um chope para relaxar. Seis e cinco apareceu o primeiro convidado. E por sinal muito ilustre, como para abrir os trabalhos com chave de ouro, o Dr. Antônio Carlos Osório, poeta e advogado, presidente da Academia Brasiliense de Letras. Seria um bom augúrio para a noite que se iniciava? Fiquei lisonjeado com a sua presença, havíamos tido uma agradável conversa telefônica dias antes, quando formulei o convite para vir ao meu lançamento e ele havia demonstrado interesse sobre a minha pessoa, meu perfil literário, inclusive com sondagens superficiais em relação à Academia, segundo ele com muitos membros vetustos, a necessitar de uma renovação. Como desde então, passado mais de um ano desse contato, ele não voltou a abordar comigo esse assunto, desconfio seriamente que desistiu de pensar a respeito, se é que alguma vez chegou efetivamente a cogitar qualquer coisa, abalado com a leitura dos meus contos, ou quiçá cético em relação ao meu potencial literário.

A propósito de academias, recebi um outro revolucionário e-mail do meu provável primo distante Teobaldo Aguiar, propondo agora a criação de uma "Academia dos Excluídos das Editoras". Eis um pedaço do seu texto:

> "... Pois tive um insight! Proponho desde já a criação da Academia dos Excluídos das Editoras, com estatuto, normas, regimento, sede, fardões, e sem mais demora ou modéstia me habilito à sua presidência, a primeira! Será com certeza uma disputa árdua, muitos se apresentarão pleiteando o cargo, e muitos também serão os inscritos para compor as fileiras dessa tão formosa e significativa casa cultural, talvez a com mais membros entre todas. Colegas de infortúnio, mexam-se! Vamos sair dessa inércia submissa!"

Mas deixemos o agitador Teobaldo e voltemos aos autógrafos.

Após o eminente poeta Antônio Carlos Osório chegar, nos quinze minutos seguintes foram chegando de maneira esparsa alguns amigos e conhecidos, com tempo ainda para fotos tranqüilas, para prosear com calma, em clima de início de festa. Tinha uma intuição de que brevemente isso não seria mais possível, baseado nos meus lançamentos anteriores, ou seja, as pessoas principiariam a chegar de maneira mais condensada, a fila começaria a se formar, se encorpando aos poucos em direção às mesas mais afastadas da minha. Esse reputo como o momento máximo de arrebatamento para o autor do livro que está sendo lançado. É quando ele está sentado na mesa rodeado de convivas, cada um segurando o seu livro para o autógrafo, e mais de um fotógrafo dispara flashes, pede poses com o autor, e a fila só se agiganta, alimentada continuamente por novos convidados, e o burburinho é intenso, os espaços em torno repletos de comensais, os garçons em movimentação frenética...

E foi o que aconteceu. Via na fila (com brilho nos olhos, confesso), pessoas das mais diversas procedências, os mais variados frutos das "lavouras" irrigadas, a turma dos literatos, dos médicos, os amigos avulsos, os parentes... O estratagema bolado estava dando certo.

A mão foi cansando de tantos autógrafos. Tive a deliciosa e gratificante presença dos meus dois filhos e da minha esposa, esta então preocupada em me abastecer com chope de tempos em tempos. Algumas pessoas compareceram já perto das onze da noite, saídas das faculdades ou dos serões no trabalho; outras haviam chegado cedo e se agrupado nas mesas, engatando um papo animado que entrou pela noite adentro. Contabilizei a presença de quase trinta escritores, o que para mim significou um bom número, e alguns desses vieram pela primeira vez me prestigiar, sendo uma agradável surpresa.

Revi gente que há tempos não encontrava. Colegas de faculdade que andavam sumidos, amigos de outrora que haviam se distanciado, a coisa tinha também essa função de reencontro, de agregar o que estava disperso, de restabelecimento de laços, ainda que podendo apenas ser fugaz.

Somente após as dez da noite é que pude circular pelas mesas, conversar com as pessoas. Algumas já estavam a ler trechos do livro, riam e comentavam com o vizinho. Eu estava verdadeiramente satisfeito com tudo aquilo. Amanhã seria a volta à crua realidade, mas amanhã ainda era futuro. Queria curtir aquele momento.

Era cerca de uma da manhã, quando dei por encerrados os trabalhos e fui contabilizar as vendas, junto ao meu ajudante lusitano. Havia vendido cento e quarenta e nove livros (poderia arredondar para cento e cinquenta, mas a bem da verdade, e este é um livro que busca a verdade dos fatos em tempo integral, opto em permanecer com cento e quarenta e nove mesmo), o meu recorde de vendagem em noite de autógrafos. Era um quantitativo nada desprezível, que mesmo autores com bem mais chão do que eu em Brasília tinham dificuldades de atingir.

Havia faturado cerca de três mil setecentos e cinquenta reais nessa noite, incluindo-se aí nessa quantia a venda, ainda que pequena, de exemplares dos meus outros títulos. Pela primeira vez obtivera lucro com literatura. Já era um avanço, um feito memorável, a se comemorar com champagne. Estava sempre acostumado a maximizar meus esforços nessas noites de autógrafos para cobrir o que pudesse (embora sem escapar totalmente do prejuízo) dos custos da edição, sempre bancados por mim. Desta vez, não. Havia obtido o financiamento do FAC, e todo o lucro gerado das vendas iria líquido para o meu bolso.

Sabia, sem grandes ilusões, calejado que estava, que teria ali, naquela noite, a melhor chance para obter uns trocados mais graúdos da faina literária ingrata. A partir do dia seguinte o livro começaria a descida do platô, atingido o seu apogeu no lançamento. Persistiria ainda alguns dias em semi-evidência, sobrevivendo dentro do círculo trabalhista e familiar do seu autor. Um pouco de propaganda boca-a-boca funcionaria para despertar a curiosidade de alguns a ponto de fazerem o movimento de adquiri-lo, mas só até um certo momento. Depois, viria o seu gradual esquecimento, o foco cada vez menos nítido, e as coisas acabariam se acomodando no sentido de o livro ficar isolado da vida inteligente e cultural da cidade e do país como um todo. Atirado à sua insignificância de objeto inanimado e desprezado, decorridos os seus quinze minutos de glória e fama.

E quando, cansado, eu voltava para casa deixando ainda no Carpe Diem alguns amigos tomando os últimos chopes da noite, fui pensando na questão da importância da paternidade de um livro. Se **A Volúpia e as Algemas**, com esse título sugestivo, uma capa bem produzida, um tema denso, tivesse no lugar de Valdir de Aquino Ximenes um nome como João Ubaldo Ribeiro, Lygia Fagundes Telles ou Dalton Trevisan como autor, talvez contasse com mais chances de angariar a atenção da mídia especializada e repercutir.

Aliás, essa coisa da influência e do poder da mídia sempre me inquietou muito. Bastaria uma menção, leve que fosse, ao meu livro na página final da *Veja*, escrita por Roberto Pompeu de Toledo, em um curto ensaio sobre sexo na terceira idade, por exemplo, ou uma entrevista com algum âncora da CBN sobre os contos em rede nacional, para me permitir projeções mais atrevidas. Ou o inverso, uma observação negativa sobre algo escrito, usualmente em árdua e sacrificante labuta, e todo o trabalho vai por água abaixo, detonado pelo subjetivismo de quem avalia, e às vezes por interesses que se afastam do fulcro da coisa... Isso é o mundo da literatura, isso é a arte, isso é a vida.

Só achava desleal concorrer também com os próprios legisladores, isto é, ver resenha ampla e favorável da revista *Veja*, por exemplo, sobre livros recém-lançados dos seus articulistas de cultura, tais como Mário Sabino e João Gabriel de Lima; ler no *Correio Braziliense* artigo também bastante generoso sobre o primeiro livro de contos lançado pelo dono da *Companhia das Letras;* Clara Arreguy, do mesmo *Correio,* merecendo espaço farto sobre o seu livro de futebol, abordando "a decisão da segunda divisão do campeonato brasileiro". Até mesmo Renato Aragão, subitamente transformado em escritor, e com direito a prefácio do imortal Carlos Cony para o seu pretenso romance. Sem querer fazer trocadilho, é ridículo... Mais uma vez, o velho chavão de dinheiro atraindo mais dinheiro, fama conduzindo a mais fama, riqueza levando a mais riqueza.

Dormi então um sono reconciliador, como um vitorioso, dentro da minha condição, é lógico, ainda que se tratasse de uma vitória efêmera e de pouco alcance. O esforço todo empreendido para o êxito do lançamento fora gratificante, a me induzir a repeti-lo em um eventual novo lançamento, passo a passo, com apenas alguns aperfeiçoamentos.

Como o meio literário de Brasília receberia o meu livro – espinafrando? Aplaudindo? Ou com indiferença? Estas perguntas vieram à mente tão logo acordei no dia seguinte para trabalhar e continuar a minha vida de médico de sempre.

Teria agora de colocá-lo em circulação o mais que pudesse, não só em Brasília como em outras cidades. Havia feito contato dias antes com a rede *Nobel* de livrarias, que acertara em regime de consignação pegar vinte exemplares e disponibilizá-los para venda na loja do Pátio Brasil (e aqui nem faço questão de esclarecer que Pátio Brasil é nome de um shopping localizado na área central de Brasília, pois meus escassos leitores serão desta cidade mesmo, a dispensar, portanto, maiores explicações geográficas de rodapé). Também as livrarias *Café com Letras* e *Esquina da Palavra* aceitaram vender pelo mesmo esquema de consignação, ficando com menos volumes, ou seja, dez e cinco respectivamente.

Havia combinado com a *Thesaurus* colocar trezentos exemplares à venda distribuídos por várias capitais do Brasil, através de um contrato com uma distribuidora, contrato este que infelizmente deixaria líquido na minha mão somente uma pequena parcela da venda do livro. Ou me submetia a isso, ou o livro ficaria encalhado em Brasília, ocupando espaço no escritório do meu apartamento. Pelo menos desta vez, descontado o aspecto financeiro, que não era dos mais interessantes para mim, haveria a chance de ter o livro razoavelmente distribuído pelo Brasil, se a coisa fosse realmente séria como a editora apregoava.

Tanto para venda em Brasília, como para o resto do país, manteria o preço de vinte e cinco reais, que para mim estava de bom tamanho, justo.

Tinha que me ater agora para alguns detalhes práticos, tais como fazer o registro no Instituto Nacional do Livro, para resguardar os direitos autorais, o que foi feito imediatamente, distribuir os exemplares acordados nas livrarias supracitadas, agilizar a realização das palestras prometidas ao FAC, para depois lhe prestar contas, ver os concursos literários que estavam acontecendo ou por acontecer e me inscrever neles, e partir para a segunda etapa de marketing e divulgação da minha obra, agora que constituíam passado o oba-oba e o glamour da noite de autógrafos, e se iniciara o trabalho de corpo-a-corpo de manutenção das condições vitais do livro, isto é, tentar postergar ao máximo a sua passagem (inevitável?) de um estado de relativa estabilidade clínica ainda, para a de moribundo em UTI. Portanto, precisava atuar agora e com rapidez em várias frentes.

Debater o livro em colégios, fossem públicos ou privados, seria de pouca viabilidade, dada a temática nele contida, um tanto pesada para os padrões da grade curricular do ensino médio implantada no país. Havia ensaiado uma tentativa no Colégio Marista João Paulo II, sem resultado. Não arrisquei outras escolas.

Fui informado por uma amiga poetisa, a mesma Maria da Glória que me "quebrara" impiedosamente uma perna no Eixão, que na faculdade de Letras da *Michelângelo* havia uma professora interessada em me contactar para verificar a possibilidade de uma possível palestra para os seus alunos, o que para mim viria bem a calhar, não só pelo aspecto literário em si, mas também pelo prático, para cumprir as exigências contratuais do FAC.

Paralelo a tudo isso, tomei outras providências. Liguei para algumas editoras e sondei o interesse delas em um possível envio do meu livro para análise, mesmo já tendo sido publicado em primeira edição por uma editora de Brasília. Tomei o cuidado agora de ser mais parcimonioso do que havia sido quando do lançamento do meu romance, ocasião em que enviei para várias editoras afamadas, sem lograr, contudo, êxito em nenhuma. Recebi apenas carta de uma ou outra, com as costumeiras e evasivas respostas padronizadas.

Algumas editoras descartaram já por telefone a possibilidade de leitura do meu livro nos próximos meses, o que me poupou tempo, trabalho e despesas com postagem. Alegaram que ou estavam abarrotadas de originais aguardando leitura, ou não se interessavam no momento pelo gênero contos.

Resolvi enviar apenas para a *Companhia das Letras, Record, Objetiva* e *Rocco*. Fi-lo mais por pruridos de consciência, não estava com ilusões a respeito, ressabiado por experiências anteriores malsucedidas. Sobretudo neste caso, que o livro já havia sido lançado, não era mais, pois, inédito. No entanto, ao menos despertaria a atenção para o meu nome, um pouco que fosse.

Estava conectado com as várias possibilidades que me apareciam (ou eu pelo menos via como tal) de divulgação do meu livro. Tudo que eu vislumbrasse potencial de um espaço livre para ocupação literária, o meu livro estava lá, pronto para invadir, qual destemidos militantes dos sem-terra, sequiosos por fazendas disponíveis.

Sendo assim, além das editoras já referidas, parti para outras frentes. O meu ataque tinha que ser muito consistente, usando todas as munições que tivesse à mão, o grande inimigo à vista que seria "o silêncio total e definitivo sobre o livro" estava ali, preparando o bote para o ataque certeiro, espreitando qual um abutre que espera a sua carniça inevitável, aguardando o definhamento do corpo vigiado, que acontece mais cedo ou mais tarde, para a sua cruel investida.

Então fui à luta. Guerreiro solitário, como sempre, mas vivo e ainda com resquícios de ilusões e esperanças resistentes. Precisava ter atitude e sem perda de tempo. "O anonimato irremediável" espiava, já forçando a porta...

Contatei a Academia Brasiliense de Letras, não sem algum esforço, espantado de certa forma com a sua falta de organicidade e visibilidade. Obtive a relação dos seus acadêmicos, com nome e endereço de todos, coisa que devia ter feito antes do lançamento. Então resolvi enviar para cada um deles um exemplar do **A Volúpia e as Algemas**.

Fazia uma ligação telefônica antes, usando o mesmo princípio de aproximação do território, como fizera com os membros da ANE antes do lançamento. Procedia a uma apresentação para quem não me conhecia, que era o caso de mais da metade, a maioria já acima dos sessenta, e lhes comunicava os meus propósitos.

A minha relação com os acadêmicos era quase inexistente, com exceção de alguns poucos, como Alan Viggiano, Anderson Braga Horta e Romeu Jobim, que eram amigos que eu conhecia já alguns anos. Contudo, vários outros eram literalmente ilustres desconhecidos para mim. Isso poderia espelhar tanto o meu alheamento e falta de entrosamento com o meio literário local, como também o próprio distanciamento da academia mais importante da capital federal do restante dos escritores da cidade, da mídia ou mesmo da sociedade em geral.

O fato é que enviei o meu livro para todos eles, até mesmo para um acadêmico religioso, o padre Aleixo, correndo perigo ainda maior de fomentar escândalo e hostilidade no meio clerical, principalmente se considerarmos a protagonista do primeiro conto, uma enfermeira religiosa. Mas, que eu saiba, até o momento a Cúria Romana esquivou-se de qualquer manifestação a respeito.

Ainda pensando em termos acadêmicos, só que em um nível mais alto, fui informado de que o *Prêmio Jabuti,* concedido anualmente para os melhores livros publicados no ano anterior em várias categorias pela Câmara Brasileira do Livro, tinha como comissão julgadora os membros da Academia Brasileira de Letras (informação errada, descobri mais tarde, pois os nomes dos jurados são divulgados somente na cerimônia de premiação. Mistérios...) O que fiz então? Consegui, da mesma forma que fizera com a brasiliense, uma relação com os nomes, telefones, endereços, inclusive os eletrônicos, de todos os quarenta acadêmicos. E remeti meu livro para cada um deles, acompanhado de uma pequena publicidade da obra, isto é, ajuntei o que já havia saído a seu respeito na imprensa como forma de fazer pelo menos despertar a atenção do destinatário para o que estava chegando "gentilmente" às suas mãos.

E, naturalmente, me inscrevi no Jabuti. Estava armada a estratégia. Decerto, teria remotas chances de ser laureado, mas não deixava de ser uma estratégia.

Havia encaminhado também para os acadêmicos de Brasília a mesma "fortuna crítica" enviada para a ABL. E no que consistia tal fortuna?

Bem, além da matéria no *Jornal de Brasília* no dia do lançamento do livro, saíram comentários e referências em jornais de Fortaleza – Blanchard Girão, jornalista do *O Estado,* escreveu um belo texto, que muito me envaideceu, em sua coluna semanal, e saiu também na coluna de A a Z, do Luís Carlos Martins, do jornal *O Povo,* uma nota sobre o livro, com o auspicioso título Raridade Literária.

Enviado o livro para todos os acadêmicos da ABL, no Rio, e para todos de Brasília, resolvi enviá-lo também para alguns membros da ANE, mas apenas para os residentes em Brasília, o que era a maioria, e que não haviam comparecido à minha noite de autógrafos. Com isso, achei que a distribuição de uma maneira geral estava a contento, mesmo porque já gastara muito com Correios nesse processo todo de divulgação.

Visava futuras publicações. Muitos desses que receberiam o livro em casa, gratuitamente, julgariam isso, no mínimo, independente do juízo crítico sobre a obra, como uma gentileza da minha parte, e se sentiriam de certa maneira com uma dívida de gratidão para comigo, a ser paga enviando eles próprios para mim um exemplar de livro de sua autoria, recém-publicado ou não, ou comparecendo a um eventual lançamento posterior meu.

Havia ainda o ramo das revistas semanais e das publicações mensais para ser investido. Lembrei de algumas. *Playboy,* por exemplo. Por que não? Da minha parte não existiam pudores pessoais, muito ao contrário, e o meu livro abordava sexo, sexualidade de um segmento da sociedade tradicionalmente visto como assexuado, continha erotismo em situações inusitadas muitas vezes, tinha enfim a cara do que a revista gostava. E que era comumente visto em vários dos seus contos quando publicados, contos estes nem sempre de membros das "igrejinhas". Então teria chances. Enviei para eles um exemplar com um fio de esperança.

Mandei também para a revista *Cult*, após contato prévio em que não senti muita firmeza da parte deles. Arrisquei assim mesmo, porque era uma revista com uma proposta editorial interessante e séria, com espaço reservado em algumas de suas páginas para autores ainda em busca de um lugar ao sol. Quem sabe não sairia uma resenha sobre o meu livro? Resenha que eu estava um tanto ressentido de não ter sido contemplado ainda na profundidade que desejava e achava que merecia.

Ainda no terreno das revistas, devo acrescentar mais algumas incursões realizadas. Como para a *Veja*. Consegui, mediante a interferência de um amigo, chegar a um dos seus redatores, em São Paulo, por telefone. Atendeu-me muito bem, educadamente, mas sem me dar grandes esperanças, embora tenha se proposto a encaminhar meu livro para o Jerônimo Teixeira, o editor de literatura da revista, já avisando que a linha literária deles não era muito aberta a novidades, preferiam os grandes nomes, a turma americana...

Quem sabe, se não fosse extrapolar demais o território dos sonhos permitidos, eu não iria, por várias semanas, para a lista dos mais vendidos, ao lado de Dan Brown, J.K. Rowling, Danuza Leão, Bruna Surfistinha, Casseta e Planeta, Augusto Cury, Zibia Gasparetto, Roberto Shinyashiki, Paulo Coelho... Seria o apogeu, o acesso ao grande público enfim conquistado.

Encaminhei meu livro também para a revista Diálogo, dirigida à classe médica e publicada pela Roche, multinacional farmacêutica. Possui conteúdo diverso, mas sem caráter propriamente científico. Variedades escritas em linguagem acessível e de bom nível. Como o tema era de certa forma médico, mais especificamente geriátrico, conquanto em um formato ficcional, e escrito por um profissional da área, achei que poderia interessar aos editores. E a principal vantagem era que se tratava de uma revista de distribuição nacional e gratuita para os médicos, o que me daria chances de atingir um grande quantitativo de leitores, sem maiores esforços.

Veja, Cult, Playboy, Diálogo... Meu arsenal, no entanto, não estava esgotado. Havia gordura ainda para queimar. Farejava possibilidades em todo canto, antenado... Descobri que o Conselho Federal de Enfermagem estava com uma espécie de projeto editorial em que livros contendo enfermeiros como personagens seriam publicados. Poderia ser viável para mim, afinal um dos contos, o primeiro, o que dá título ao livro, tinha justamente uma enfermeira como protagonista. É bem verdade que em uma situação erótica inusitada. Mas ao menos fugia do estereótipo do médico comendo enfermeira no plantão. Telefonei: mandasse o livro, iriam avaliar. Teria que torcer para que entendessem o espírito da coisa e não levassem pelo lado da questão de "doutor" se metendo em projetos da enfermagem.

Existiam outras frentes de batalha. O tempo pós-lançamento voava... Meu livro ainda sobrevivia e teria que mantê-lo vivo, tentaria procrastinar o máximo possível o inelutável destino de ser enterrado no cemitério dos livros indigentes, junto a milhares de outros companheiros esquecidos e abandonados, muitos injustamente, em suas covas cobertas por ervas daninhas. Não. Devia isso a ele, aos seus personagens sofridos, humilhados e amargurados, que não mereciam mais essa humilhação, mais esse desprezo. Lutaria com todas as minhas forças. Imbuído desse espírito guerreiro, de pai que briga desesperado pela vida do filho, fui em busca de outros recursos, outros meios de sobrevivência.

Tentei contactar o Gustavo Krieger, editor da revista *Época* em Brasília, motivado pelo fato de o mesmo ter lido o meu livro anterior, o romance, e ter recomendado a publicação de uma resenha sobre ele para a turma que manda em São Paulo, o que obviamente não aconteceu (fui informado depois de que o livro entrara em uma lista de espera aguardando avaliação, atrás de mais de duzentos outros, qual fila de transplante...).

Não consegui, mesmo após ter efetuado mais de vinte ligações para a redação da revista em Brasília, alcançar Gustavo Krieger, sempre em reuniões, sempre em conversas telefônicas em outro aparelho, "deixa o teu número, depois ele te retorna..."

Pensei em alguns escritores... Lia Luft... Tinha acabado de ler **Perdas e Ganhos** e achara interessante, assim como algumas crônicas publicadas na *Veja*, embora avaliasse que ela estivesse com a síndrome de falta de assunto que acomete às vezes os cronistas e articulistas, ainda que nosso país possa ser acusado de tudo, menos de ser monótono, onde nada acontece, e portanto não falta temas para se escrever, até mesmo diariamente nos jornais.

Não obtive o seu endereço residencial. Liguei para a sua editora, mas não tinham autorização para fornecê-lo, enviasse para eles o meu livro que fariam chegar às suas mãos. Caprichei então no texto de apresentação de minha pessoa e do meu livro, abordando inclusive ligeiramente questões filosóficas sobre morte, velhice, qualidade de vida, temas que sabia serem caros a ela e que poderiam angariar a sua atenção para o material que estava recebendo.

Hoje, avalio que deveria também ter enviado um exemplar para a Danuza Leão, uma mulher interessante, madura, que se transformou nos últimos anos em cronista e escritora, decerto de cabeça aberta para o tema que abordei. Quem sabe, ainda haverá tempo para isso.

Em outra frente de atuação, ainda dentro da idéia de capilarização do livro a mais ampla possível, encaminhei o livro por meio do irmão, meu vizinho de parede, para o Manoel Carlos, novelista da *Globo* dos mais requisitados e com histórico de vários livros publicados. Baseei-me no fato de ele ser um autor com gosto por temas modernos e urbanos, e sexo na terceira idade tinha essas características, estava na vanguarda, incluso na agenda de debates da sociedade atual.

Ainda na linha global, enviei também para o Arnaldo Jabor, ex-cineasta, nos últimos anos se destacando mais como escritor e comentarista de rádio e televisão, e sempre conectado também com os mais diversos assuntos de interesse social. Outra celebridade que poderia gerar um certo "ruído" em seus eventuais comentários era o Dráuzio Varella, médico e escritor como eu, agora "estrela" do programa de televisão Fantástico, e que viria a Brasília para uma palestra na Câmara Distrital. Havia lido dois dos seus livros e ambos me impressionaram muito, achei o seu estilo bem contundente. Fiz chegar um exemplar às suas mãos.

O consagrado crítico literário Wilson Martins foi outro alvo meu. Contatei-o por telefone em sua residência, em Curitiba, e houve boa receptividade, que eu lhe enviasse os contos. Só não estipulava quando poderia lê-los. Novamente, tive o cuidado de referenciá-los com os artigos e comentários positivos - quiçá proporcionaria com isso a leitura de um pedaço de conto aqui, fragmento de outro ali, uma frase solta despertando a sua atenção...

De um extremo ao outro do país. De Curitiba parti para Belém. O que um pai não faz pelo filho? Sai em busca de auxílio onde for possível, usa de todos os recursos para conseguir o remédio que aumente a sua sobrevida, sustente as suas funções vitais, ainda que precariamente.

Acyr Castro é um conhecido crítico literário paraense que tinha (não sei se ainda tem) uma coluna em um jornal de Belém, e que havia feito uma resenha nem tão boa nem tão má (com alguns argumentos, o que provava a sua efetiva leitura, o mais importante para mim) sobre **O Homem de Branco em Noite Escura**, em 2000. Nada mais natural, então, que submetesse à sua análise a minha obra seguinte. Atendeu-me com afabilidade ao telefone, providenciasse a remessa que leria com prazer.

Ah, se a cada receptividade amistosa correspondesse um feedback de leitura e análise...

No meu périplo literário, minha nau alucinada rumava agora para Fortaleza, terra onde nasci e tinha alguns contatos que valeriam a pena serem reativados. Nilton Maciel era um deles. Bom contista, premiado, editor de uma revista literária feita a ferro e fogo, dentro daquele espírito idealista de alguns doidos resistentes a capitularem de vez à mediocridade cultural reinante. Vislumbrei na sua revista uma chance de publicação de algum dos meus contos. E seria bom em termos de publicidade junto ao público leitor, já que havia conseguido introduzir o livro no mercado cearense, distribuído que estava em regime de consignação na famosa rede de livrarias do sr. Sérgio Braga, chamada de *Livro Técnico,* um nome meio inadequado e pouco sugestivo para quem quer vender livro de ficção.

Ainda em Fortaleza, não descuidei de encaminhar um exemplar para o também médico e escritor Pedro Saraiva Leão, editor da revista *Literapia,* em cujas páginas eu já havia publicado anos atrás alguns poemas, em época de convivência mais de perto minha com a coisa lírica. Tentei contato também com o grande poeta Francisco Carvalho, sempre bondosamente entusiasta em relação à minha obra, mas infelizmente não consegui o novo número do seu telefone e muito menos o seu endereço residencial.

Do Norte de novo para o Sul, nessa gangorra literária-geográfica desenfreada, mas sempre mantendo Brasília como base. Estava agora no Rio, tentando uma brecha no programa do Jô Soares, na Globo. Agia feito um desempregado olhando todas as possibilidades nos classificados. Caprichei mais uma vez na carta de apresentação, "nas referências", e mandei o livro na caradura, mesmo sabendo que dificilmente obteria sucesso em minha empresa, decerto nem chegaria às suas mãos, detido e devidamente filtrado antes pela sua zelosa assessoria. Imaginei ingenuamente que como o livro apresentava situações inusitadas, e algumas até cômicas, como o caso da velhinha em busca de esperma para a cura de sua osteoporese, poderia atiçar a curiosidade do Jô.

Voltei a ciscar por São Paulo, restavam ainda alguns cartuchos a serem gastos por lá, através do Ronaldo Cagiano. Ele me forneceu uma relação de escritores e editores de suplementos literários do seu conhecimento em São Paulo e alguns em Belo Horizonte. Nessa relação havia nomes importantes, tais como Manoel Hygino, colunista diário do *Hoje Em Dia,* Manoel Lobato, jornalista do *Tempo,* ambos de BH, assim como João Paulo, editor do *Pensar,* do Estado de Minas, além de Caio Porfírio Carneiro, grande crítico cearense estabelecido em São Paulo. Todos foram presenteados com um exemplar.

Estava atuando em várias frentes... São Paulo, Rio de Janeiro, Belo Horizonte, Curitiba, Fortaleza, Pará, Porto Alegre... Até Portugal ousei penetrar, mais precisamente em Porto, através do Victor Alegria e do seu filho, Tagore, portugueses da gema.

Meu livro, na ânsia por viver, buscava novos ares, outros horizontes, emigrava em busca do oxigênio necessário para combater o marasmo asfixiante a que estava condenado. Rebelava-se, querendo impetuosamente subverter a ordem natural das coisas, remando obstinado contra a maré, até que exaurissem todas as suas forças e o "rigor mortis" enfim caísse sobre ele.

Por outro lado, não podia me desgarrar totalmente do meu quintal.

Sendo assim, voltei a contatar a rádio CBN de Brasília, através do âncora de um programa diário da grade local, o Estevão Damázio, que eu já conhecia de contatos anteriores com a emissora, solicitando-lhe acesso a Meire Bertotti, responsável pelo CBN Letras, um programa que abordava, como o próprio nome sugeria, assuntos literários, dicas de leitura principalmente. Solicitou-me então o envio do livro para análise e posterior pronunciamento. E como bom soldado, sempre pronto a acatar ordens dos superiores sem contestação, assim o fiz mais uma vez.

Atirava para todos os lados, seguindo naturalmente um mínimo de critério na escolha dos meus alvos, ainda que por vezes me expondo ao patético e ao ridículo.

Dentro dessa perspectiva, estive até em um açougue, o T-Bone. Tratava-se de uma situação bastante insólita. Um açougueiro que também funcionava como um agente cultural, promovendo, anualmente, noites artísticas, em que diversas manifestações aconteciam, sempre com afluência de grande público. Além disso, mantinha uma biblioteca em um dos seus açougues, com milhares de livros, a maioria doada. Fui lá e fiz a doação, um volume de cada um dos meus títulos. Agi mais objetivando homenageá-lo e dar a minha contribuição, do que esperando efeitos práticos, mais pelo incomum de alguém pretender, e já com tradição consolidada na cidade, oferecer alimento para o corpo, mente e espírito. Pessoas que ousavam sair do script regiamente programado para elas e buscavam caminhos alternativos para a existência humana. Como não aderir à idéia? Como não invejá-la no bom sentido?

Fiz contato também com Danilo Gomes, escritor e jornalista conceituado, membro da Academia Mineira de Letras, e um amigo que sempre me incentivou muito a persistir na literatura. Aproveitando os seus conhecimentos em Belo Horizonte, embora residisse em Brasília, achei de bom alvitre lhe encaminhar alguns volumes para que distribuísse como bem lhe aprouvesse em sua terra natal.

Continuando em minha cruzada pró **A Volúpia e as Algemas**, fui ao Instituto Nacional do Livro, localizado aqui mesmo em Brasília, doar para o acervo de sua biblioteca um exemplar. Lá, a sua diretora, a sra.

Conceição Sales, demonstrou vivo interesse em me requisitar posteriormente para uma palestra nas dependências de sua instituição sobre a sexualidade em pessoas na terceira idade.

Faltava ainda o mundo político. Em Brasília, não há como esquecê-lo, dissociá-lo da vida cotidiana, por mais fétido e nauseabundo o ar dele emanado. Ele está ali, no nosso jardim, com todas as características de um invasor indesejado do nosso espaço, a referência constante de como somos ao mesmo tempo risíveis e perigosos na detenção do Poder.

Pensei então nos mesmos nomes lembrados quando do envio dos convites para os autógrafos. Encaminhei um exemplar da Volúpia para os senadores Cristovam Buarque, José Sarney e Eduardo Suplicy. Os dois primeiros, por serem escritores também e já terem recebido obras anteriores minhas. O último, pela sua trajetória política heroicamente coerente, o que já é muito para um político no nosso país, em que uma semana é tempo suficiente para revelações bombásticas a granel, acontecimentos inesperados e mudanças de siglas partidárias as mais estapafúrdias possíveis. Além do mais, Suplicy também tinha um dos meus livros consigo (pelo menos, eu supunha), quando tempos atrás, no lançamento da minha primeira obra, **O Homem Submerso**, ele estava jantando no Carpe Diem e se dirigiu gentilmente a mim, manifestando interesse em adquirir um exemplar.

Cogitei também em fazer cair o meu livro nas mãos de algum cineasta, tipo Beto Brant (que até já tem uma parceria consolidada com o escritor Marçal Aquino em nível de roteiros), dado o potencial cinematográfico que suspeitava haver nos contos, principalmente os mais longos. Vai que um desses diretores malucos de cinema topasse colocar nas telas uma das minhas histórias também malucas... Seria uma conjunção de artes maravilhosa, eu, um fã de cinema, freqüentador solitário das salas de projeção desde a adolescência (nunca tive a preocupação ou vergonha por ir sozinho aos filmes, se, claro, o meu objetivo explícito fosse mesmo ver a fita...).

Lembrei, pois, mais uma vez, de Vladimir Carvalho, cineasta morador de Brasília de longa data, professor de cinema da UnB, tendo granjeado fama e prestígio nos meios acadêmicos e artísticos da cidade com os seus documentários de forte conteúdo social. Desta vez ele não comparecera ao meu lançamento (fora no anterior) e nem consegui posteriormente acessá-lo. E com os mais badalados diretores certamente seria ainda mais complicado, não saberia como alcançá-los.

Uma pena... Até o título, **A Volúpia e as Algemas**, evoca imagens, tem cara de cinema. Quem sabe, um dia... Beto Brant, Fernando Meirelles, Valter Salles, saibam que estou aberto a propostas, qualquer coisa é só bater um fio para o meu agente literário...

17

E de toda essa luta briosa de um pai zeloso pela sobrevivência do seu ente querido, o que resultou? Qual foi o retorno obtido? Vamos dar mais um salto no tempo...

... 17/10/05. Tempo suficiente já se passou para avaliação dos resultados, desde o lançamento dos contos. Exatos treze meses e dois dias. Qual enfim o saldo de todo esse blablablá?

Bem, em relação às revistas, primeiramente, o que há para se dizer? Silêncio, total silêncio. Nenhuma resposta da *Playboy*, nada da *Diálogo Médico,* nem da *Cult,* muito menos da majestosa *Veja*.

O Conselho Federal de Enfermagem também não se manifestou. Jô Soares rezou pela mesma cartilha. Lya Luft, se chegou a receber o livro, remetido pela sua editora, já que não tive acesso ao seu endereço pessoal, não quis externar para mim qualquer opinião a respeito, quer seja do livro em si, quer seja do meu gesto de presenteá-la com o mesmo.

Silêncio, silêncio, silêncio...

Acyr Castro, no Pará, a quem contava com um retorno, mínimo que fosse, não deu notícias. Muito menos Wilson Martins, em Curitiba. Dráuzio Varela, idem. Soube pelo meu vizinho que Manoel Carlos recebera o livro e mandara agradecer, mas não avançara além disso. Cristovam Buarque, Eduardo Suplicy acusaram recebimento, assim como José Sarney, que me enviou um cartão com algumas palavras gentis. Ainda no terreno político e na esfera presidencial, se tive agradecimentos de um ex-presidente, recebi também, como que para compor uma chapa completa, um cartão do senador Marco Maciel, ex-vice do presidente FHC, com algumas linhas escritas do próprio punho e cuja compreensão custou-me razoável esforço.

Silêncio, silêncio, silêncio...

Das terras lusitanas, se houve eco, não chegou a mim, talvez um dia no bojo de algum fado pungente. A CBN parece que circunscreveu o seu interesse pelo livro ao dia do lançamento. Meire Bertotti até hoje não me deu nenhum retorno e não tenho notícias de ela ter recomendado a sua leitura no programa CBN Letras. Ou se encontra numa fila com trezentos e cinquenta e oito livros à sua frente para serem analisados, ou está definitivamente abandonado em alguma gaveta cheia de entulhos da emissora. Da turma do Ceará, Nilton Maciel e Pedro Saraiva Leão, que eu saiba, não incluíram nenhum dos meus contos em suas respectivas revistas e muito menos teceram comentários críticos a respeito deles.

Silêncio, silêncio, silêncio...

Arnaldo Jabor, que comenta sobre tudo e sobre todos, sobre o meu livro preferiu o mutismo, e não se pronunciou nem para o bem nem para o mal, que neste último caso não deixa de ser algo positivo não fazê-lo, dada a sua metralhadora giratória, que poderia com suas explosões verbais destroçar em mil pedaços todas as minhas sofridas e desprezadas volúpias...

Dos caros confrades da ANE, aqui em Brasília, não me lembro de nenhuma manifestação em especial, seja em nível particular ou público (através de jornais ou suplementos literários). Percebi, sim, ultimamente, um aumento no recebimento de convites para lançamentos de livros de autores que antes não me enviavam nada, e talvez seja reflexo de eu ter evidenciado, de uma forma ou de outra, a minha existência para eles, e quiçá agora me enxergarão com olhos mais condescendentes em um outro eventual lançamento que eu venha a fazer...

Faço, no entanto, alguns reparos a respeito do que escrevi logo acima: recebi, sim, um afável cartão de Estellita Lins, cumprimentando-me a respeito do livro e se dispondo a lê-lo. E Aglaia Souza remeteu-me um e-mail com um artigo que ela escrevera, não sei para qual órgão da imprensa, bastante positivo e com um jeito de quem realmente lera os contos. Fiquei comovido, pois era a visão de uma mulher sensível e que parecia ter captado a essência da obra.

Dos imortais da Academia Brasileira de Letras tive poucas, mas boas surpresas. A melhor delas veio do seu então presidente, Ivan Junqueira, que me enviou um cartão absolutamente inesperado para mim. Tanto que o utilizei como uma espécie de cartão-postal, um troféu valioso para jogar na cara dos soberbos, um abre-alas para desbravar caminhos aparentemente bloqueados, um elemento de propaganda para o livro de força indiscutível quando do seu envio para as editoras e para a mídia, ainda mais associado ao fato de na quarta capa haver o texto de um outro emérito acadêmico, que era o Moacyr Scliar. Reproduzo aqui um pouco de suas palavras:

> ...seus contos se lêem com prazer e mais do que isto, com tesão. Há muito de cada um de nós, não importa a idade, nessa prosa desabusada e quase escandalosa, ou como bem observou Moacyr Scliar, "picaresca"...

Minha idéia de usar o pequeno texto de Scliar na contracapa não havia sido em vão no caso da ABL. Funcionava como uma chancela para que os seus colegas de fardão ao menos dispensassem uma olhadela mais benevolente no conteúdo, que estava tão bem referenciado por um dos seus pares mais qualificados. E também para influenciar o leitor de uma maneira geral, aquele que folheia displicentemente livros nas livrarias e se detém um pouco em um que tenha uma capa vistosa ou um "padrinho" respeitável.

Aliás, abordando o assunto "livraria" mais uma vez, chega a ser constrangedor o tipo de atendimento que temos comumente nas livrarias pelos atendentes despreparados para tal função, fato evidenciado quando digitam no computador o nome do autor ou do livro que pretendemos adquirir, para ver se consta no estoque da loja, fazendo-o então com extrema dificuldade. E aí percebemos a sua ignorância gramatical e literária e também como o livro no Brasil é tratado como reles mercadoria, puro produto comercial que não guarda valor maior do que o de uma bijuteria artesanal vendida em qualquer quiosque de esquina.

Além de Ivan Junqueira, outro imortal que me escreveu indicando também ter sido sugestionado pela "mãozinha camarada" do Scliar foi Antônio Secchin, comunicando leitura para breve dos contos. Ana Maria Machado agradeceu o envio e desejou votos de Feliz Natal. A assessoria de Nélida Pinõn também atestou o recebimento, assim como a de Paulo Coelho, cuja secretária informou-me que o mesmo estava na Islândia, atendendo a compromissos editoriais e assim não seria possível por ora uma resposta pessoal dele a mim, mas que o livro lhe seria entregue assim que possível. Zélia Gattai escreveu-me do próprio punho, desejando sucesso para o livro; outro que se dirigiu a mim citando Scliar (olha a estratégia funcionando...) foi Evaristo de Moraes Filho, com as seguintes palavras abreviadas em um telegrama:

> Volúpia confirma o julgamento literário a seu respeito de Moacyr Scliar, que subscrevo.

Nenhum deles voltou a me contactar e nem eu insisti em aprofundar o canal de comunicação que aparentemente se abria. Valeria a pena? Teria algum desdobramento? Na verdade, ressabiado com tantos "nãos", diretos ou velados, preferi o recolhimento, me resguardar da alegação de estar sendo invasivo demais.

Dos quarenta imortais, nove haviam estabelecido comunicação comigo. Quase um quarto deles. Não era uma marca desprezível, convenhamos. Os outros, apesar de a princípio terem recebido o livro, a menos que remetido para o endereço errado ou sofrido algum extravio pelo caminho, não deram sinal de vida. Aliás, pela idade avançada de vários deles, sempre existia o risco do falecimento de um ou outro, como foi o caso recente de Oscar Dias Correa.

Se alguns leram, ainda que sem manifestar a mim tal atitude e os efeitos dela, ótimo, serviria para me dar algum alento em relação ao Prêmio Jabuti, concorrente modesto que eu era. Como achava, equivocadamente, que os seus jurados eram os imortais da ABL, e estes tinham recebido o meu livro em suas residências, considerei que poderia ter alguma remota chance de figurar entre os dez finalistas, o que já seria muito bom para as minhas pretensões não muito gananciosas.

Tola e vã esperança. Em um sábado qualquer, lendo despreocupadamente o *Correio Braziliense*, deparei com a lista dos finalistas. Naturalmente, meu nome não estava nela. Tive a curiosidade de observar a relação dos agraciados. Não constava nela nenhum autor iniciante – Nélida Piñon, João Gilberto Noll, Cristóvão Tezza, Alcione Araújo, Frei Betto, Edgar Telles Ribeiro, Manoel de Barros, Artur Eduardo Benevides, Antônio Risério...

O mesmo verifiquei em relação aos dez finalistas do *Prêmio Portugal Telecom de Literatura Brasileira,* dominada nitidamente pelos grandes grupos editoriais:

> Os lados do círculo, de Amílcar Bettega Barbosa (conto, Companhia das Letras)

Arquitetura do arco-íris, de Cíntia Moscovich (conto, Record)

O fotógrafo, de Cristóvão Tezza (romance, Rocco)

Histórias mirabolantes de amores clandestinos, de Edgar T. Ribeiro (conto, Record)

Sob o peso das sombras, de Francisco J.C. Dantas (romance, Planeta)

O silêncio do delator, de José Nêumane Pinto (romance, A Girafa)

Poemas Rupestres, de Manoel de Barros (poesia, Record)

Longe da água, de Michel Laub (romance, Companhia das Letras)

Vista do Rio, de Rodrigo Lacerda (romance, Cosac & Naify)

O falso mentiroso, de Silviano Santiago (romance, Rocco)

E também para os catorze finalistas do *Prêmio Passo Fundo Zaffari & Bourbon de Literatura,* para romances em língua portuguesa publicados entre junho de 2003 e maio de 2005;

A margem imóvel do rio, Luiz Antônio de Assis Brasil (L&PM)

Amar-te a ti nem sei se com carícias, Wilson Bueno (Planeta)

Budapeste, de Chico Buarque (Companhia das Letras)

Ensaio sobre a lucidez, J. Saramago (Companhia das Letras)

Equador, de Miguel Souza Tavares (Nova Fronteira)

Longe da água, de Michel Laub (Companhia das Letras)

O falso mentiroso, de Silviano Santiago (Rocco)

O fotógrafo, de Cristóvão Tezza (Rocco)

O mundo inimigo – Inferno provisório, Luiz Ruffato (Record)

O nobre seqüestrador, de Antônio Torres (Record)

O silêncio do delator, de José Nêumanne Pinto (A Girafa)

O vendedor de passados, José Eduardo Agualusa (Gryphus)

Sob o peso das sombras, de Francisco J.C. Dantas (Planeta)

Vista do Rio, de Rodrigo Lacerda (Cosac & Naify)

Por que não fazer também um Jabuti, um Portugal Telecom ou um Passo Fundo somente para autores inéditos, sem qualquer publicação anterior?

Dos membros da Academia Brasiliense de Letras recebi um telegrama de agradecimentos de Luiz Vicente Cernicchiaro, uma carta, acompanhada de textos da própria lavra, de José Osvaldo de Meira Penna, e um livro de retribuição de Fontes de Alencar. Além disso, atendi um telefonema muito amável do médico e historiador Ernesto Silva, personalidade das mais tradicionais de Brasília, e um outro, este bastante surpreendente, até mesmo pela desenvoltura com que ficou ao telefone comigo, como se fôssemos velhos conhecidos, de Jarbas Passarinho, ensejando de minha parte, posteriormente, uma rápida visita à sua casa, ocasião em que lhe entreguei um volume de todos os meus títulos anteriores. É bom registrar ainda, nessa "matemática de contatos" que me favorece, nesse "balanço de prestígio" a ser contabilizado, que alguns acadêmicos, como o próprio presidente, Antônio Carlos Osório, Anderson Braga Horta, Romeu Jobim e outros estiveram presentes na noite de autógrafos, de maneira que posso afirmar que o saldo não fora de um todo ruim e de certa forma pavimentou o meu caminho no sentido de se fazer mais conhecido entre os imortais candangos.

18

Recebi um dia no trabalho um telefonema alvissareiro da minha esposa: chegara uma correspondência da editora *Rocco,* com o timbre de "urgente" no envelope. Perguntou-me se podia abrir. Respondi que não, eu mesmo o faria. Fiquei pensando: "Urgente"... O que seria? Uma proposta para uma segunda edição dos meus contos? Não, preferia pensar o oposto, era somente mais uma das habituais respostas, quando estas eventualmente eram dadas, descartando a sua mercadoria, como a que eu havia recebido da *Companhia das Letras,* recentemente, com texto padronizado e tudo:

> Prezado Valdir,
>
> Nosso grupo de leitores avaliou a obra que o senhor nos enviou – A volúpia e as algemas – e decidiu não indicar sua publicação pela Companhia das Letras. Gostaríamos de lembrar que, conforme o procedimento da editora, o livro será doado a uma biblioteca. Agradecemos, de todo modo, a sua consulta. Atenciosamente...

Ao chegar em casa, fui direto ao envelope. Não dava para disfarçar a ansiedade. Sempre há uma remota esperança... Então li o seguinte, quase uma repetição do texto da *Companhia:*

> Prezado(a) senhor(a),
>
> Após termos concluído a avaliação do original em referência, informamos que, infelizmente, sua publicação não foi recomendada, embora possua visíveis qualidades.

Sendo assim, agradecemos a remessa desse material e o colocamos a sua disposição, na editora, por um período de 30 dias, a contar da data de recebimento desta carta. Após esse prazo, o mesmo será inutilizado.

Contando com sua compreensão,

Atenciosamente,

Vânia Guimarães
Depto. Editorial

Uma pitada de decepção me atinge. Mais uma.

Outra possibilidade de "consagração" esteve mais perto de acontecer com a editora *Objetiva*. Ao voltar das férias em julho de 2005, recebi um telefonema deles com uma sondagem. Queriam saber se já havia uma proposta de uma outra editora para uma segunda edição da **Volúpia**, ou se eu estava amarrado ainda à editora que havia publicado a primeira edição. Perguntavam isso porque estavam lendo os contos e gostando. Posteriormente, entraram em contato comigo por e-mail com o seguinte texto:

Caro Dr. Valdir,

Trabalho na Editora Objetiva e escrevo para dizer que seu livro está sendo avaliado por nosso conselho editorial. Desculpe-nos a demora em contactá-lo, mas em vista da enorme quantidade semanal de originais que recebemos, nosso prazo de avaliação está em torno de 4 meses.

Gostaria de perguntar como se encontra a atual edição do livro e se ainda existiria interesse em fazer nova edição.

Por enquanto ainda não obtemos um parecer definitivo sobre sua obra, mas já gostaria de saber se existe algum eventual comprometimento com outra capa de edição.

Muito grata,

Maryanne Linz
Departamento Editorial

Acabou não fluindo uma proposta concreta de reedição do livro, mas posso dizer que dessa vez a bola bateu na trave. Uma publicação pela Objetiva seria o passaporte para o ingresso triunfante no segmento "nobre e aristocrático" das letras e a conseqüente saída do grupo dos marginalizados.

Da relação do Cagiano de escritores e editores que ele tinha conhecimento e achava válido eu contactar, obtive de resposta o seguinte:

Manoel Lobato escreveu-me uma carta bem-humorada, elogiando os contos e sendo bastante espirituoso nos seus comentários sobre sexo. O jornalista João Paulo, editor do caderno *Pensar*, do Estado de Minas, publicou em sua coluna de lançamentos literários, no dia 06/11/04, um sábado, breve release do meu livro, acompanhado de foto da capa, e como indicação semanal de leitura de contos. Para mim, foi um comercial nada descartável, por se tratar de um jornal importante de uma cidade com forte tradição literária, como é Belo Horizonte.

Outra coisa boa foi a carta recebida do contista Caio Porfírio Carneiro, de São Paulo, em que em meio a loas exacerbadas aos contos, particularmente ao primeiro, destaca, mais do que o lado erótico em si, a tensão psicológica infiltrada em todas as histórias. E num evidente exagero, pois estou longe desse estágio (e aqui uso de toda a sinceridade possível de ser obtida em um escritor), mas que de qualquer modo me envaidece, me põe "no primeiro time, a entrar na escalação de qualquer seleção nacional".

Ainda em Minas, vieram notícias estimulantes sobre o meu livro provenientes de Manoel Higino dos Santos, e doei, a pedido de Cagiano, um volume para a biblioteca das Faculdades Integradas de Cataguases, recebendo deles um cartão de agradecimentos.

De Fortaleza, o que mais do ponto de vista prático ajudou o livro foi um alentado artigo escrito pelo escritor e jornalista Blanchard Girão, em sua coluna que mantém nas sextas-feiras no jornal *O Estado*, conforme já comentado páginas atrás.

Em Brasília, no jornal da Associação Nacional de Escritores, na coluna *Cultura em Debate*, de Afonso Ligório, houve boa referência ao livro, conquanto esperasse um pouco mais da parte deles, isto é, a publicação de um conto, o último ao menos, por ser o mais curto, em algum número do jornal, o que não aconteceu até hoje. Embora, pensando bem, as estripulias sexuais dos meus personagens não combinassem bem com a linha editorial deles. Já no suplemento literário *Voz Ativa*, editado pela Associação dos Servidores Aposentados e Pensionistas da Câmara dos Deputados, cuja tiragem chega a dez mil exemplares, fizeram um pequeno comentário geral sobre a obra, seguido de um trecho justamente desse último conto, **Cinqüenta:**

Uma coleção de contos escritos por um médico, cuja narrativa é visivelmente influenciada pela profissão. O autor descreve inusitadas angústias do ser humano ocorridas na meia-idade. Veja o diálogo de um casal ao comemorar 50 anos de matrimônio: (e cita um fragmento do diálogo entre os protagonistas).

Uma coisa legal que me aconteceu envolvendo esse episódio literário todo foram os convites que recebi para palestras sobre o livro em duas faculdades, ambas particulares: a de Psicologia do UniCEUB, e a de Letras da Michelângelo.

A do UniCEUB foi facilitada pela intermediação de um professor de lá, amigo meu. Curioso, para não dizer coisa pior, foi que justamente no departamento de Letras dessa universidade onde encontrei mais dificuldades. Tive contato com uma professora de literatura, chefe de alguma coisa, que me atendeu muito bem, ficou com um exemplar garantindo leitura rápida e um retorno dando notícias de sua apreciação, o que não ocorreu até o momento. A capa deve ter assustado... Ficou a impressão de terem agido como se seus alunos fossem ginasiais, expressando um pudor extemporâneo e totalmente inadequado para um centro de ensino universitário que se pretende "superior" e cada vez mais aberto à comunidade para discussão dos grandes temas contemporâneos.

Já na Psicologia a coisa transcorreu mais fácil, sem grandes melindres. É verdade que não tive uma platéia das mais numerosas, mas as pessoas que foram lá participaram ativamente, com questionamentos e depoimentos, e havia ouvintes dos dezoito aos sessenta anos, a maioria permanecendo até o fim. No encerramento, como que para justificar a permanência deles até ali e acentuar a importância do que ouviram, inventei que o Jô Soares tinha me chamado para uma entrevista no seu programa na *Globo,* o que causou um certo frisson e deixou o pessoal bastante interessado em assistir.

Enquanto no UniCEUB o enfoque foi mais voltado para a questão comportamental em si, isto é, do sexo na terceira idade, na Michelângelo o rendimento foi melhor. Por se tratar de uma faculdade de Letras, o aspecto literário propriamente dito teve mais destaque, e pude ficar assim mais no meu elemento. Estive lá por duas vezes. Na primeira, foi mais como uma introdução ao meu trabalho, apresentação dos meus livros, focando especialmente no último, o que era de se esperar. A partir daí, ficou marcado um retorno em vinte dias para uma nova apresentação, que seria mais incrementada, envolvendo diversas turmas da Letras, dos mais variados períodos, quando então haveria uma sessão de autógrafos, seguida de coquetel. E deixei com a professora Adriana Levino alguns volumes de cada um dos meus trabalhos para venda, como se tivessem sido "adotados" pela escola. Alunos previamente selecionados iriam lê-los, analisá-los e debatê-los por ocasião de minha segunda visita, que acabou sendo uma agradável vivência.

Fui surpreendido por uma performance dos alunos baseada em alguns dos meus poemas, com música e encenação, além de um resumo de toda a minha obra (dito assim até sugere ser muito grande...) usando os recursos do data show. Depois, houve um bate-papo com os alunos sobre o meu processo criativo, a questão recorrente da interface da medicina com a literatura, como obter publicação, o meu percurso tortuoso na atribuição de escritor, a literatura em Brasília, alguns comentários sobre os contos, enfim uma conversa bem proveitosa.

A propósito, li recentemente que o escritor amazonense Milton Hatoum passou por experiência semelhante, ao visitar uma escola pública em Planaltina, no Distrito Federal, por ocasião da Feira do Livro de Brasília de 2006, e ser homenageado com uma apresentação de vários trabalhos feita pelos alunos sobre o seu ótimo romance **Dois Irmãos**, como foi no meu caso na Michelângelo. Guardei, especialmente, a sua observação sobre o que significou para ele esse fato, e cujo conteúdo comungo integralmente:

> Muito mais do que a análise do meu livro, é o acesso à cultura e ao conhecimento que me comove e me dá alento. Esse encontro com alunos e professores de uma escola pública mostra que existem alternativas de mudança de mentalidade, e também perspectivas de avanço social.

Recebi no fim, além do dinheiro referente às vendas dos meus livros e que não foi tão pouco assim, um certificado da faculdade sobre o evento (recebi também no Uni CEUB). Renovaram o convite para novas palestras e também para participar do júri de um concurso literário que promoveriam no início de 2005, o que se houve, não fui comunicado, talvez tenham desistido de contar com a minha participação.

A respeito ainda de concursos, um dia, ao chegar em casa e verificar a correspondência, vi um envelope com o timbre CBL, *Câmara Brasileira do Livro*. Por um momento, me animei – mais uma vez, como um animal teimoso, que não aprende, que espera, sempre, algo.

Alguma comunicação sobre a minha classificação na disputa do *Prêmio Jabuti?* Nada disso. Apenas o recibo comprobatório de minha inscrição no concurso, somente agora me encaminhado. Participara efetivamente da disputa. A minha obra tinha sido mesmo avaliada e rejeitada. No íntimo, ainda acalentava uma esperança boba e imbecil, um consolo típico dos derrotados, de que a minha inscrição tivesse se extraviado e assim eu não lograra ser inscrito, o que significaria não ter concorrido e que o meu livro escapara de qualquer julgamento crítico.

Mas, não. Eu concorrera, sim. Aquela correspondência da CBL matava todas as residuais e pueris ilusões a respeito. Minha judiada auto-estima sofrera mais uma abalo, ainda que pequeno.

19

Como vêem, empenhei o máximo de mim para que esse meu quarto livro não fosse desterrado, desprezado como ocorre com grande parte dos seus pares, editados precária e heroicamente todas as semanas pelo país inteiro, eivados de expectativas enganosas por parte de seus criadores, principalmente os iniciantes, cheios ainda de romantismo ingênuo a respeito da repercussão de suas obras, sonhando que serão catapultados em dois tempos à pompa máxima dos mais vendidos, resenhados pelos gigantes da mídia, famélicos por entrevistarem a nova revelação das letras nacionais.

Liguei para a *Thesaurus* novamente para saber notícias da venda do livro pelo Brasil. E mais uma vez me informaram que estava fraca. Deveria acreditar? Mas como controlar isso? Liguei também para a livraria *Nobel* do Pátio Brasil e fiz a mesma pergunta: nada havia sido vendido.

Como um livro celebrado por Moacyr Scliar, Ivan Junqueira, Caio Porfírio Carneiro, Evaristo de Moraes, Márcio Cotrim, Ronaldo Cagiano e outros nomes de escol poderia estar sofrendo tamanha humilhação, tão grande desdém? Seria um livro realmente tão ruim? Se não o era, porque então não avançava, não vendia? Deveria me agarrar, como inútil consolo, aos casos mundialmente sabidos de grandes artistas que só tiveram reconhecimento póstumo? Não, isso não me interessava, alguma coisa estava profundamente errada no gerenciamento da cultura neste país.

País que tem uma elite retrógrada e perdulária, não pensante, que possui um sentimento de pátria indecente, que não subvenciona projetos acadêmicos e universitários, como o fazem elites do mundo desenvolvido, que não quer a instrução das classes populares sob pena de perigosas contestações e questionamentos; que tem uma elite em sua capital ainda mais vexatória, com uma formação cultural deficiente, constituída na maioria por famílias que foram ganhar a vida no Planalto Central nos primórdios de sua construção, aventureiros em busca de enriquecimento fácil, grande parte dos seus membros de baixa extração e sem relevante instrução acadêmica.

País que, apesar de editar quarenta mil títulos novos por ano, não agrega leitura ao seu cotidiano, à rotina do seu povo, onde não se vê as pessoas de cabeça baixa lendo livros nas filas dos ônibus, dentro dos metrôs, sentadas nas bancas das praças, em mesas de cafés (ao contrário, as cabeças estão alertas, temerosas dos assaltos). Será que isso ocorre porque o preço do livro no Brasil é inacessível ao poder aquisitivo da maioria da sua população, até mesmo pelas tiragens serem pequenas, elevando os custos da edição? Não serve como desculpa, pois as classes mais abastadas também não lêem.

País que possui apenas e vergonhosamente mil e trezentas livrarias em todo o seu vasto território, várias delas às moscas a maior parte do dia, quando o necessário seriam ao menos dez mil e distribuídas também pelo interior, o que não ocorre hoje, a maioria concentrada na zona litorânea. Menos do que a Argentina, país com forte tradição literária e arraigado gosto pela leitura, cuja população é muito menor do que a nossa e tem em Buenos Aires a famosa *Livraria Ateneo,* um cine-teatro do começo do século passado, com belas cúpulas pintadas e balcões iluminados, oitenta mil pessoas a visitarem-na mensalmente. Manhattan possui quase seiscentas livrarias!

País que dispõe apenas de 5035 bibliotecas públicas espalhadas nos seus 5562 municípios, menos de uma por município e certamente distribuídas de maneira bem desigual, quando seriam necessárias mais de onze mil, de acordo com convenção internacional que determina uma proporção de uma biblioteca para cada quinze mil habitantes. Enquanto Bogotá, "a perigosa cidade do narcotráfico", recebeu recentemente da Unesco o título, a ser ostentado em 2007, de *Capital Mundial do Livro,* por ter uma biblioteca que recebe uma média de nove mil visitantes diariamente, com um acervo de dois milhões de livros e capacidade para acomodar dois mil leitores sentados, a Biblioteca Luis Angel Arango, além de várias outras megabibliotecas construídas pela prefeitura.

País que não forma leitores mirins no âmbito das escolas e das famílias, uma geração "Play Station", cada vez mais consumista e imediatista, refratária ao tempo contemplativo, pois movida a teclados e imagens em telas coloridas de cristal e plasma, servidas para consumo rápido, a não exigir o esforço advindo das sugestões das frases escritas no velho e confiável papel... (e não adianta o lobby do livro eletrônico, não se compara à liberdade de movimentos e de pensamentos que só o livro impresso na maneira tradicional permite)

País que francamente prefere ver televisão à leitura (gasta mais do triplo do tempo assistindo TV do que lendo semanalmente), que tem um povo que lê em média um livro/ano/habitante, ao passo que na França são sete e em Taiwan, nação que há trinta anos era mais pobre do que nós, mas que enriqueceu por apostar em um projeto educacional sólido a médio e longo prazo, a média chega a onze livros! (enquanto no Brasil 31% dos alunos da primeira série do ensino fundamental são repetentes).

País dos contraditórios, onde circulam oitocentas mil pessoas em suas Bienais Internacionais, trezentas e cinqüenta mil na última edição da Feira do Livro de Brasília (embora o Distrito Federal, com todo o seu poder aquisitivo diferenciado em relação ao restante da nação, ostente 25% de sua população sem ter comprado um único livro em 2005), mas exibe média de tiragem de três mil livros por edição, possui apenas 26% de sua população plenamente alfabetizada...

País que destinou no seu orçamento anual de 2005 apenas 0,16% para o Ministério da Cultura; país...

Mas para que não me acusem injustamente de ser somente arauto da desgraça, não posso deixar de registrar aqui o meu agradável assombro com alguns exemplos admiráveis que nos permitem ter um sopro de esperança ainda, tais como a existência de um Clube da Leitura criado por um pescador em Pirapora, interior mineiro, chamado Zé do Peixe, de uma biblioteca comunitária inventada pelo catador de lixo Severino Manoel de Souza, em um prédio ocupado da Avenida Prestes Maia, em São Paulo, de um Círculo de Leitura constituído pelo *Instituto Fernand Braudel*, em São Paulo, com crianças e jovens em escolas públicas, estimulando admiravelmente a leitura. Idéias simples e básicas como essas fazem um país melhor. Ler, ler, ler...

20

Ao longo das páginas anteriores que compuseram este pequeno manual de inclusão e sobrevivência na selva literária brasileira tentei relatar as inúmeras dificuldades operacionais envolvidas no processo de criação e publicação de um livro por um escritor em busca de conquistar um espaço, mínimo que seja, no inóspito latifúndio das letras de um país latino-americano sem tradição literária de vulto.

Utilizei, para isso, a minha própria experiência.

Fiquei nu, expus a minha genitália literária sem pudor. Talvez tenha desagradado alguns, com minhas revelações iconoclastas nem sempre simpáticas, quem sabe conseguido atrair a atenção de alguém, um voyeur pouco seletivo e voraz, a espiar os poros, reentrâncias, os músculos, as gorduras, pêlos, as intimidades ao nível celular do meu corpo literário. Espero que esse espião tenha vivenciado momentos úteis e prazerosos e que eu tenha sido um convincente "stripper".

Uma só pessoa que leia este livro, que é basicamente um livro de formação, em que fui personagem de mim mesmo e a própria literatura é a protagonista, mas que não saberia bem como classificá-lo, visto que albergando em si modalidades de discurso de disposição variada, tantas as fronteiras, se ensaio, depoimento, desabafo, manifesto, autobiografia literária, memórias, romance, se ficcionalidade mesclada à história, gerando pedantemente algo próximo à literatura ou arte (questões, aliás, abordadas com muita erudição pelo teórico Luiz Costa Lima), embora ache que este material não tenha autonomia completa para se constituir como uma ficção com vida própria, ou se uma imensa crônica do cotidiano de um escritor brasiliense lutando para superar o anonimato e atingir a imortalidade literária, como definiu uma amiga escritora, ou ainda simplesmente um amontoado caótico de linhas e parágrafos, um único leitor, portanto, desta coisa indefinida, cheia de percalços analíticos, que a partir de sua leitura consiga avançar em seu intento, até então tíbio e temeroso, de construir uma bela carreira literária e efetivamente o consiga, inoculado o germe da mudança e da transformação em seu sangue, ficarei feliz e apaziguado, pois o meu livro terá assim contribuído, ainda que como um grão de areia, para mudar o rígido status quo cultural deste nosso país tão infenso à palavra escrita. Detesto tudo que apenas me instrui, sem aumentar ou estimular imediatamente a minha atitude (Goethe).

Moacyr Scliar, do alto dos seus quase oitenta livros publicados, (e eu penando no meu quinto...) acredita que os livros podem mudar o mundo e as pessoas, e cita como exemplos a Bíblia, Freud, Dom Quixote. Acrescento por minha conta Che Guevara, que partiu de suas leituras para incendiar a América Latina, fundindo, assim, com êxito no seu caso (no sentido de fundar uma ética pessoal transcendente) o mundo livresco, da biblioteca, da clausura, do individual, qual um Robinson Crusoé lendo, sossegado, a sua bíblia, com o mundo de homem prático, de ação, de sujeito coletivo, da tripla experiência das estradas, da medicina, da política revolucionária. E há também a influência negativa, como no caso do Os Sofrimentos do Jovem Werther, de Goethe, banido da Europa devido à onda de suicídio que suscitou.

Ainda sobre esse tema - função do livro –, e enfim me despedindo do paciente leitor que me acompanhou até aqui, transcrevo a opinião perspicaz do escritor Rubens Figueiredo sobre o poder de resistência da literatura:

> Na sociedade moderna, nunca houve acordo sobre o que é ou deve ser a literatura. A sociedade moderna parece não saber o que fazer com a literatura. Entre a literatura e a sociedade moderna parece haver um mal-estar recíproco, que ambas em geral tentam disfarçar. A sociedade moderna tenta dar um uso para a literatura, uma aplicação, alguma eficácia, mas não tem obtido sucesso. A rigor, ela nunca conseguiu formular uma definição teórica ou institucional da literatura que adquirisse aceitação geral. No entanto, essa atividade que não se define e para qual não se consegue estabelecer uma função continua a ser praticada. E o mais desconcertante, nada disso parece impedir que os

produtos dessa atividade sejam desfrutados, gerem experiências de conhecimento e adquiram alcance crítico.

Este livro, em síntese, é uma homenagem à literatura, aos livros, às livrarias e seus abnegados livreiros, ao fazer-literário, ao ofício de gerar estranhamentos em outros, aos escritores, enfim, premiados ou relegados, publicados ou inéditos, famosos ou anônimos, injustiçados ou reconhecidos, e aos leitores de uma maneira geral, fiéis ou volúveis, existentes ou imaginários.

* * *

Este livro foi programado visualmente
e impresso nas oficinas gráficas da
LGE Editora Ltda, na família de fonte
Albeta Extra Light corpo 11, com entrelinha automática,
e *Serifa BT* corpo 11 para nomes de livros e citações,
em papel *Cartão Supremo* 240gr² capa,
e *Pólem Soft* 80gr² miolo.